KB044829

내려놓음으로
거듭나기

내려놓음으로 거듭나기

송준석 지음

사실 나는 잔인했다!

안팎이 다른 내면의 잔인한 마음을 들여다보고 내려놓음으로 거듭나서
가난하고 해맑은 마음으로 평안하게 진실한 마음을 전하는

송준석 교수의 97가지 인생수업

스타북스

"내려놓음으로 거듭나기:
사실 나는 잔인했다"를 펴내며

지난 2년 동안 성공(「오늘도 인생을 색칠한다」), 사랑(「기쁨이의 속삭임」), 희망(「우리들의 잃어버린 선물」), 행복(「마음의 숲을 거닐다」)에 대한 반성적 성찰로 4권의 책을 쓰면서 저에게 수식어처럼 따라다니던 화두가 '진실한'이라는 접두어였습니다. 사람들에게 '완벽함'은 어울리지 않는 단어라는 것을 저도 알고는 있습니다만 저 자신을 돌아보면, '인간세계를 널리 이롭게 하라'는 홍익인간을 외치면서도 인간 이외의 생명체를 포함한 자연을 무시하고 함부로 대하고 착취하는 것을 편리라는 명분으로 당연시했습니다. 사람의 관계에도 인간존중을 외치면서도 저의 주장을 관철하고 설득하기 위해 얄팍한 지식과 궤변으로 안팎이 다르게 저 스스로를 속이며 합리화하며 거짓으로 포장한 적이 많았습니다. 당연히 그럴듯한 명분으로 다른 사람을 속이기는 다반사였습니다. 저 스스로가 잔인하고 파렴치한 사람이었습니다. 남을 속이려면 자신을 속여야 하고 자신을 속이려면 하늘을 속여야 하기 때문에 자신을 속이는 일은 하늘을 속이는 엄청난 죄를 짓는 일입니다.

그러기에 자기만의 거울을 흐리지 않게 깨끗이 닦고 자신을 똑바로 보고 자신에게 치열하게 '자신을 심판하는 자세로 질문하여 지혜로운 사람(「어린 왕자」에서)'이 되어야 합니다. 지금의 삶이 어떠한지에 대한 끊임없는 반성적 질문은 결국 잘 살고 잘 죽는 문제와 연결되어 있습니다.

한 걸음 더 나아가 이 책을 쓰는 과정을 통해 눈으로 보는 것과 밖으로 드러나는 것이 전부가 아님을 저의 관계나 인연을 솔직하게 돌아보는 시간을 갖고자 했습니다. 르누아르가 '그림은 손으로 그리는 것이 아니라 눈과 마음으로 그려야 합니다. 교만한 붓으로 그린 그림은 생명력이 없습니다.'라고 한 말이 떠오릅니다. 그것은 「어린 왕자」에서 '중요한 것은 눈에 보이지 않고', '진실한 것은 눈으로 보는 것이 아니라 마음으로 본다.'는 것과 같은 말입니다.

저의 부끄러운 경험과 고백입니다만 가끔 저도 저의 의도를 감추고 다른 사람에게 고상한 척, 욕심이 없는 척, 사랑이 많고 배려가 있는 척, 지식이 많은 척, 지혜로운 척, 심지어 감정도 속이는 위선을 저질렀습니다. 그러면 저의 속마음을 모르니 상대방은 저의 밖으로 드러나는 행동에 잘도 속아서 넘어가는 경우도 많았습니다. 많은 분들께 용서를 청합니다. 때로는 저의 좋은 의도나 진심을 반대로 왜곡하고 곡해하여 받아들이는 사람들도 많이 있었습니다. 상대방도 자신의 인식의 틀 안에서 보기 때문이겠지요. 저의 경험으로 '밖으로 보이고 보여 지는 것이 다가 아니다.'는 것을 알았습니다. 죽음에 이르기까지 앞으로의 저의 삶은 여전히 밖으로 포장하는 '거짓된 나'와 '진정한 나' 사이의 수없는 연약한 인간으로서의 갈등을 겪을 것입니다. 때로는 '참나眞我'를 실현하기 위한 용기 있는 처절한 내적 투쟁이 벌어지겠지만 힘들더라도 맑고 깨끗한 삶을 향한 깨달음의 여정은 될 것임을 독자들 앞에서 다짐합니다. 이전의 책에서도 독자들에게 했던 끝없는 질문들은 저에게 저의 마음의 결정이 삶 속에서 참되게 실천되기를 바라는 저의 다짐이 담겨있는 채 찍질이기도 합니다. 어떤 이들은 '반성적 성찰 지겹지도 않으세요? 그만 하시고 감동을 주는 다른 말을 해주세요.'라고 요청합니다. 일일삼성一日三省한 증자를 추종하는 단계까지는 아니지만 '반성적 성찰'이라는 말은 저에게 부족한 '너 자신을 알라.'고 말씀하신 소크라테스의 말만큼 저에게 마음에 평화를 줍니다. 더욱 성숙하지 못한 저의 한계라는 것도 인정합니다. 독자 여러분들이 이해하시기 바랍니다. 잘못하면서도 '그래 난 파렴치한은 아니야. 반성은 하니까.'라는 방어 전략이 아닐까도 생각해 봅니다.

자신이 보고 이해할 수 있는 일이 세상의 이치의 다가 아님을 수용하는 일이 진실함을 찾아가는 일을 시작하는 사람의 자세입니다. 자신의 한계를 인정하며 자신을 내려놓으면 자신의 마음속의 진실한 메아리를 들을 수 있으며 자신의 그림자에 현혹되지 않는 삶을 살 수 있습니다. 처음에는 당혹스럽고 힘들어서 부정하거나 회피하고 싶겠지만 피하지 않고 직면하면 솔직한 내면이 주는 행복한 메시지가 삶의 전체에 퍼질 것입니다. 스스로를 속이지 않고 타인에게 탐욕적 기대를 하지 않으면 마음의 평화가 함께 합니다. 모든 마음의 평화는 자신에게 달려있습니다. 저나 다른 대상이 여러분 자신을 평안하고 행복하게 만들 수는 없습니다. 행복의 주체는 자기 자신입니다. 그러기에 자기 자신을 믿고 신뢰하는 일이 우선되어야 합니다. 자기반성도 결국 자신을 긍정적으로 바라볼 때 생명력이 있는 법입니다. 자신에 대한 부정적인 감정이나 학습화된 무기력은 자신을 진실하게 보는 눈을 방해합니다. 자신을 긍정하고 마음의 응어리와 거짓을 물리치는 방편으로 스스로에게 끊임없는 질문을 해야 합니다.

편견은 선입견에서 비롯되고 그 편견은 우리의 판단을 흐리게 합니다. 우리가 감각의 노예가 되어 외모를 보고 다른 사람을 판단하는 것처럼 자기 스스로 외모, 옷차림, 예의범절, 재산과 지위를 객관적 지표라는 명목으로 눈으로 보이는 것만을 꾸미는 것에 치중하는 것은 바람직하지 않습니다. 밖으로 인정받고 칭찬을 받으려고 하는 것은 내면의 공허함을 감추고 채우려는 방편이고 이것이 허영심입니다. 달콤한 사탄의 속삭임에 넘어가 자신의 독자적인 내면의 고귀함을 망각하고 실종하여 허영심을 채우는 것은 겉치레만 그럴듯하고 내면이 텅 빈, 마음이 공허한 속이 빈 강정같은 존재임을 나타내주는 것입니다. '사람이 사람을 헤아리는 것은 눈도 아니고 지성도 아니거니와 오직 마음뿐이다.'라는 마크 트웨인의 말이 떠오릅니다. 마음의 자리는 이름도 모양도 없습니다. 그러나 온갖 작용은 일어납니다. 우리의 마음을 밝히기 위해 기독교에서는 기도를, 불교에서는 참선을 합니다. 이렇듯 진실한 것은 눈으로 만 볼 수 없고 마음으로 보아야 하기에 보이지 않는 마음을 가꿔야 합니다. 소유의 삶도 무시할 수 없으나 소유의 삶은 욕심을 낳기 때문에 쓸모없는 소유는 송충이처럼 마음도 갉아먹고 쓰레기와 같다는 사실도 깨달아야 합니다. 존재의 삶이 더 소중하고 존재의 삶을 위해서는 진실한 마음의 눈이 필요합니다.

좋은 만남은 좋은 관계를 유지할 때 그 의미가 명확해집니다. 저를 비롯한 대부분의 사람들은 관계에서도 그 내면을 볼 수도 알 수도 없기에 밖으로 드러나는 것에 한정하여 서로의 관계를 규정합니다. 그러나 제대로 진실하고 아름다운 관계라는 것을 알기 위해서는 겉으로 드러나는 것뿐만 아니라 그 마음속까지도 알아야 합니다. 그런데 '열 길 물속은 알아도 한 길 사람 속은 모른다.'는 말처럼 그것을 알 수 없다는 것이 우리의 한계상황입니다. 관계 맺음이 아름답기 위해서는 '장무상망長毋相忘', '수어지교水魚之交', '지음知音', '염화미소拈華微笑', '이심전심以心傳心'이라는 말처럼 서로에게 마음으로 전하고 채워줄 때 가능한 법입니다.

성공, 사랑, 꿈, 희망 그리고 행복은 보여 지는 것이 아닙니다. 그것들은 여전히 보여 지지 않고 볼 수 없을 수도 있지만 여전히 존재하는 아름다움을 찾아내겠다는 열망의 과정에서 발견되는 보석과 같은 마음속에 있을 것입니다. 어려움과 좌절 그리고 고통 속에서도 피어나는 마음의 꽃을 찾아내는 일 속에 성공, 사랑, 희망과 행복이 있을 수 있다고 생각합니다. 진정한 마음을 찾고 닦는 지혜의 눈 속에 참다움이 담겨있습니다.

진실하고 온전하게 자신의 마음을 표현하는 것 자체가 축복입니다. 참다운 것, 진실한 것을 찾고 그것을 표현하고 실천하는 것의 출발에는 반드시 내려놓는 일이 필요합니다, 그래야 모든 선입견이나 편견에서 벗어나 사물이나 관계를 똑바로 볼 수 있습니다. 불교에서 말하는 정견의 시작이요, 기독에서 말하는 순수한 믿음의 시작이라고 생각합니다. 이런 과정이 없이 제가 올바르다고 주장하고 가까이는 가족과 일가친족을 비롯한 이웃들에게 어떤 것을 정당하고 옳은 일이니 믿으라고 전했다면 사실은 제가 양의 탈을 쓴 늑대처럼 상대방에게 열등감과 자기 부정적 감정까지 느끼게 하는 가장 잔인하게 상처를 줄 수 있는 존재가 될 수 있음을 깨달았습니다.

예수님의 산상설교에서도 마음이 가난한 사람들, 마음이 깨끗한 사람들이라는 구절이 나옵니다. 이것이 바로 불교에서 말하는 방하착放下着 즉 '내려놓기'가 아닌가를 생각했습니다. 도제스님과의 인연으로 하안거와 동안거가 끝날 무렵 송광사, 백양사와 조계사 및 오대 적멸보궁을 비롯한 사찰과 암자의 대중공양에 동행해 방문할 기회를 얻었습니다. 그곳에서 뵈었던 큰스님들의 잠깐 동안의 말씀과 법문으로 내려놓음을 통해 탐진치貪瞋癡 삼독三毒으로 오염된 마음을 깨끗하고 가난한 마음으로 거듭나 부활할 수 있다는 것을 얄팍하지만 깨달을 수 있었습니다. 이 자리를 빌어서 천주교인인 저를 존중하며 기基·천天·불佛의 종교공동체를 통해 서로 화합하며 세상의 생명을 존중하고 세계평화를 위해 봉사해야 한다는 생명나눔의 정신을 알아차림하게 가르침을 주신 도제스님께 감사의 말씀을 전합니다. 실행은 어렵지만 욕심과 집착으로부터 벗어나기 위한 첫출발이 마음의 욕심을 들여다보고 그 마음을 깨끗이 하고 가난하게 비우고 내려놓는 일입니다. 미약하지만 잔인했던 제가 내려놓기를 통한 반성적 성찰 과정으로 어떤 깨달음을 얻어 거듭났는지를 읽어 보십시오. 독자 여러분도 저와 함께 내려놓기를 통한 해맑고 가난한 마음으로의 부활에 동참하시어 자기 자신과 주변 동료들과 세상에 사랑을 나누며 평화롭게 공존하는 행복을 더불어 누리시면 좋겠습니다.

더욱 중요한 것은 이 책을 통해 저의 마음을 헤아리려 하지 마시고 각자의 생각과 느낌으로 읽으십시오. 저의 의도는 있지만 저의 말이 정답이 아니라는 사실입니다. 저에게는 적절한 방법일 수 있지만 독자들 각자 나름의 마음을 행복하게 하는 다른 수많은 다른 방편들이 존재합니다. 비판적 책 읽기가 필요한 요인입니다. 다행히 행복하게 사는 저의 방식이 어떤 분들에게 위안과 힐링이 되고 어려움과 위기를 극복하는 용기를 주는 새로운 삶의 좌표가 된다면 제가 책을 쓴 보람이고 축복이 됩니다. 그러나 사람마다 성향이 다르기에 똑같은 방식으로 마음의 치유와 안녕 그리고 평화를 구할 수는 없다는 것이 당연합니다. '나는 이런 방법과 다른 방법으로 행복하게 잘 살아야지'하는 독자들이 많이 나오길 기대합니다. 이 또한 저의 기쁨입니다. 이 책은 논리적으로 엮은 책이 아니기에 책을 읽을 때 순서대로 읽을 필요도 없을 뿐만 아니라 다 읽을 필요도 없습니다. 단지 삶이 힘들고 지칠 때 제목을 보고 한 대목씩 읽으신다면 마음을 되잡는 데 도움이 될 수도 있다고 생각합니다. 여러분의 마음이 편안하면 편안한 대로 우울하고 힘들면 힘든 대로 힘이 되는 책이 될 것입니다. 제가 같은 글귀를 보고 쓴 글인데도 보는 날에 따라 전혀 다른 글이 됨을 경험했습니다. 책 읽기가 싫은 날은 이 책에 실린 작품만 그림책 보듯이 넘겨보아도 마음에 위안과 치유가 되고 많은 생각과 느낌을 줄 것입니다.

이번 책을 내는 데도 감사해야 할 분들이 많습니다. 우선 글과 같이 실린 마음과 혼을 담은 소중한 작품을 제공해 주신 14분의 작가님들께 감사의 말씀을 드립니다. 동양적 사유와 한정된 색채로 색채의 경계를 파괴하고자 한 조르조 모란디를 좋아하며 투철한 작가정신으로 새로운 미적 표현을 추구하는 저의 친구 조영대 작가와 치밀하고 따뜻한 예술혼으로 저와 미술에 관계된 일로 평생을 함께 하기로 약속한 신철호 작가와 열정으로 몰입하는 오지윤 작가 두 분이 주도하여 이끌어 가는 유미주의(후후, 조연경, 이봉식, 오정, 정현웅, 박정연, 정서윤, 미미, 강동우, 김루카 작가) 회원 12분과 최근에 작품을 소장하게 된 이진이 작가가 함께 참여하게 되었습니다. 이번 책까지 세 번씩이나 책에 싣는 작품을 수집하는 번거로움을 마다하지 않고 기꺼이 도와주신 박정연 작가께 감사의 말씀 전합니다. 또한 출판계의 어려운 사정에서도 지금까지 멋지게 책을 만들어 주신 스타북스 김상철 대표님과 편집장님께 고마움을 표합니다. 무엇보다도 곧 다가오는 정년 이후 상담센터와 갤러리를 운영하겠다는 저의 꿈을 항시 응원해 주시는 사랑하고 존경하는 어머님과 아내, 격려와 지지를 아끼지 않는 두 딸과 아들과 같은 두 사위, 많은 영감을 주는 3명의 손자들을 비롯하여 든든한 독자이자 후원자인 누나와 동생을 포함한 가족, 친지들께도 감사드립니다. 그 무엇보다도 고전적 가치가 있거나 잘 팔리는 베스트셀러는 아니지만 제 책을 읽고 즐거워하시고 좋은 피드백, 때로는 엄중한 비판과 가르침을 주시는 독자들이 계시기에 용기를 내어 글을 쓸 수 있었습니다. 저의 진실한 마음을 담은 책이 조금이라도 여러 독자들의 힘든 마음을 치유하고, 마음에 평화를 주는 삶을 살아가는 아름다운 방편이 된다면 더욱 감사하고 보람된 일일 것입니다.

추성골의 훈풍에 봄을 느끼며
우재 송준석 모심

CHAPTER 1

이 세상에 모든 존재는 존재 그 자체로 가치가 있습니다

031 이 세상에 모든 존재는 존재 그 자체로 가치가 있습니다

034 이 세상의 모든 존재는 유기적으로 연결되어 있습니다

037 늙음과 쇠약함은 몸보다 마음속에 더 많은 주름을 남깁니다

040 가족이 있다는 사실이 운이 좋은 축복입니다

044 지치지 않고 이 세상에 도움이 되고 봉사하는 존재가 되세요

047 현재 가지고 있는 은혜로움에 감사하고 평정심을 잃지 마세요

050 자신이 남을 알지 못함을 걱정하세요

정서윤

030 FLOW9

033 연.YEON. 초충도

036 FLOW12

039 BLOSSOM3.1

043 FLOW2

046 만개

049 FLOW5

CHAPTER 2

친구가 있다는 사실 자체가 기쁜 일입니다

친구가 있다는 사실 자체가 기쁜 일입니다 055

배우고 때에 맞추어 익히는 것은 기쁜 일입니다 058

중中과 화和는 천지를 제자리 잡고 만물을 온전히 기릅니다 061

가난한 사람을 도우는 것은 그 자체로 자신의 마음을 편안하게 합니다 064

탐욕의 반대는 무욕이 아니라 만족입니다 067

구도적 스승의 말씀은 가슴이 뛰고 눈물이 흘러내리게 합니다 070

믿음이 나라를 지탱케 하는 근본입니다 073

조연경
자연의 순환 5 054
자연-바다-물보라 057
고차원의 패턴4 060
자연의 순환 13 063
고차원의 패턴 8 9 066
고차원의 패턴 1 069
자연의 순환 16 072

CHAPTER 3

친구는 당신에게 마음의 문을 열어주는 사람입니다

077 시간에 얽매이지 말고 지금 잘 쓰세요

079 삶의 주인공으로 지금·여기에의 삶을 사랑하고 즐기며 누리세요

082 친구는 당신에게 마음의 문을 열어주는 사람입니다

085 성공보다는 가치를 추구하는 사람이 되세요

088 어려울 때 친구가 진정한 친구입니다

091 우리 모두는 학생인 동시에 스승입니다

094 어머니는 하늘로부터 받은 자녀에게 가장 훌륭한 선물입니다

이진이

076 Love Sea (사랑의 바다)

078 영원의 길(나의 바다에 황금비가 내리네)

081 그들이 사는 세상

084 도원 속 그들

087 나의 바다에 황금비가 나리네(#2)

090 A Golden Forest(#3, 달항아리)

093 별나무 행진곡

CHAPTER 4

친구는 또 하나의 인생입니다

풍요 속에서는 친구가 나를 알지만 097

역경 속에서는 내가 친구를 알게 됩니다

친구는 또 하나의 인생입니다 100

매일 아침, 매일 밤 즐겁고 행복한 주인공이 되십시오 103

과거와 남의 탓으로 벗어나야 인생은 좋아집니다 106

행복의 한쪽 문이 닫히면 행복의 다른 쪽 문이 열립니다 109

가족은 지켜봐 주는 누군가가 있다는 의미입니다 112

순간을 사랑하면 그 에너지가 널리 퍼질 것입니다 115

박정연

Untitled 096

As the water flows 099

Now&Here 102

Untitled 105

Now&Here 108

Untitled 111

Another day another sun 114

CHAPTER 5

아름다운 노년은 자신이 만든 작품입니다

119 아름다운 노년은 자신이 만든 작품입니다

122 우리의 진정한 가치는 자기 스스로가 매기는 값에 달려있습니다

125 선물의 진정한 의미는 자신의 마음을 담아 주고 주었던 것을
     잊어버리는 것입니다

128 상대의 평가에 당당하게 대답하십시오

131 자신이 가진 것에 만족하는 것이 진정한 부자입니다

134 작은 것에 감사하십시오

137 가슴 떨리는 사명을 마음으로 직시하고 실천하십시오

김루카

118 Baudouin IV

121 NewType_Caesar

124 Way of New Era 7

127 Resurge Icarus2

130 활불

133 천국의 열쇠

136 죽은 영혼의 탄생(The Birth of a dead soul)

CHAPTER 6

인연은 받아들이고 집착은 놓으십시오

인연은 받아들이고 집착은 놓으십시오 141

진정한 행복은 자신의 삶을 즐기고 친구와의 우정과 대화에서 옵니다 144

친구는 기쁨을 두 배로 슬픔을 절반으로 해줍니다 147

삶을 아이의 순수한 마음으로 살아갑시다 150

오늘이 생의 마지막 날인 것처럼 사세요 153

전쟁을 통한 평화는 어불성설입니다 156

현재를 사는 법을 배워야 합니다 159

오지윤

해가 지지 않는 바다 140
해가 지지 않는 바다 143
해가 지지 않는 바다 146
생명의 바다 149
해가 지지 않는 바다 152
해가 지지 않는 바다 155
Big Bang 158

CHAPTER 7

행복은 늘 가까운 곳에서 손짓합니다

163 행복은 늘 가까운 곳에서 손짓합니다

166 온 세상이 배움의 터전입니다

169 사람을 대할 때 우선 상대방의 마음을 헤아려야 합니다

172 상대방에게 묻는 질문은 기적을 일으킵니다

175 삶의 모든 문제는 피하고 싶지만 그럴만한 이유가 있습니다

178 많이 듣는 지혜를 가지세요

181 탐욕은 결국 모든 것을 잃게 합니다

MeME

162 WANTED 29 DREAMER

165 WANTED 25 Sella hunter

168 WANTED 40_Forest of ART

171 WANTED 31 STELLA DREAMERS

174 WANTED 23 SHINING STAR

177 WANTED 37

180 WANTED 20 New Sunshine

CHAPTER 8

어려움을 겪어 본 사람은 생명의 존귀함을 압니다

어려움을 겪어 본 사람은 생명의 존귀함을 압니다 185

미워하고 속상해 하며 살기에는 인생이 너무 짧습니다 188

꿈을 이루기 위해서는 가혹한 과정을 걸쳐야 합니다 191

아내와 아들을 사랑하는 마음으로 부모를 섬기십시오 194

수치를 아는 사람이 되세요 197

해야 할 일을 좋아하면 행복합니다 200

삶의 활력소 유머 감각을 기르세요 203

신철호

For You 184

Delight 187

Memory 190

Memory 193

You & I 196

Silver_Gold_Blue 199

Summertime 202

CHAPTER 9

행복과 불행은 자신에게 달려있습니다

207 행복과 불행은 자신에게 달려있습니다

210 자신이 가진 것에 만족하고 기뻐하면 행복합니다

213 가난해도 즐거워하는 지혜로운 사람이 되십시오

216 마음이 고귀한 사람이 되세요

219 자신은 성실함으로 남은 넉넉함으로 평가하세요

222 효도는 부모의 마음을 헤아리는 것에서 시작합니다

225 작은 일이라도 그것이 바르고 선한 일인지를 살펴보고

실천해야 합니다

오정

206 달항아리...담다
209 달항아리...담다
212 달항아리...담다
215 달항아리...담다
218 달항아리...담다(블루오션)
221 달항아리...담다
224 달항아리...담다

CHAPTER 10

함께 웃을 수 있는 존재가 됩시다

함께 웃을 수 있는 존재가 됩시다 229

타인의 좋은 점을 말하는 군자가 되세요 232

첫인상과 겉모습으로만 판단하지 마세요 235

당신에게 영혼의 평화와 행복을 원하면 믿음을, 239
진리를 원하면 질문하세요

말보다 실천하는 성실성이 더 크게 사람을 움직입니다 242

신뢰받고 신뢰하는 사람이 되십시오 245

친구에게 먼저 소중한 친구가 되세요 248

강동우

풀꽃무늬 수막새 228
미래로 가는 문 231
눈내리는 한옥 풍경 234
올빛 238
일장춘맨 241
창호위에 완자살 244
암막새와 수막새 247

CHAPTER 11

진정한 희망은 자신을 신뢰하는 것에서 시작합니다

253 진정한 희망은 자신을 신뢰하는 것에서 시작합니다

256 진정한 관계란 상대를 수용했을 때 집착에서 해방되는 관계입니다

258 감정을 놓아 버리면 그것과 결부된 생각에서 해방됩니다

261 언어는 마음의 씨앗입니다

264 상대방을 존중하고 다름을 인정하며 수용하면 평화롭습니다

267 진정한 식구란 밥만 아니라 밥 속에 담겨있는 마음과 영혼을
     나누는 것입니다

270 모든 불행과 정신적 고뇌의 원인은 정신이 물질에 애착하기 때문입니다

조영대

252 어머니의 보자기 (선)

255 어머니의 보자기

257 정물

260 어머니의 보자기 (선)

263 어머니의 보자기

266 정물

269 어머니의 보자기 (선)

CHAPTER 12

진정한 스승은 자신의 안에 있습니다

진정한 스승은 밖에 있는 것이 아니라 자신의 안에 있습니다 275

진정한 사랑은 상대방에게 집착하지 않는 친절을 베푸는
향기로운 인연입니다 277

작은 것에 감사하는 마음이 행복의 원천입니다 280

사람답게 살기 위한 기본은 생명존중과 생명살림입니다 283

성공적인 삶이란 자신의 솔직한 선택을 용기 있게 실천한 삶입니다 286

허영심이 있는 사람은 칭찬하는 말만 듣습니다 288

진정으로 중요한 것은 눈이 아닌 마음으로 보아야 한다 291

후후

흔적 93 274

스며들다 Permeate 7 276

스며들다 Permeate 8 279

스며들다 permeate 4 282

흔적 93 285

Moment 12 287

스며들다 permeate 3 290

(CHAPTER 13)

몸이 달라지려면 생각과 감정을 바꾸는 것이 방법입니다

295 몸이 달라지려면 생각과 감정을 바꾸는 것이 방법입니다

298 진정한 휴식을 위해 상대방의 휴식 방법을 존중해야 합니다

301 참된 신앙은 참된 진리를 얻는 것입니다

304 삶의 목적과 길이 되는 뜻을 찾기 위한 질문을 하세요

307 우선의 이익으로 미래를 망치는 일은 경계하고 되돌아봐야 합니다

309 무엇 때문에 자신 삶이 바쁜지 점검하고 살아야 합니다

311 가난한 이를 도와주는 것은 부처님과 예수님을 도와주는 일입니다

이봉식

294 꽃이 되다

297 Meta signal2019

300 꽃을 위한 기념비

303 비욘드 져니

306 기억으로 말하다

310 David's ring

312 세개의 쉼표

(CHAPTER 14)

과거와 미래에 대한 걱정으로 지금을 망치지 마세요

과거와 미래에 대한 걱정으로 지금을 망치지 마세요 317

자신의 감정을 솔직하게 표현하는 용기가 필요합니다 321

즐기는 사람이 되세요 324

삶과 죽음의 문제는 자신의 믿음에 달려있습니다 327

매일 단 한사람에게라도 기뻐할 일을 하세요 330

우리 안에 하느님 나라는 시작됩니다 333

정현웅

Relationship of Love 316

Harmony, relationship 320

인연, 즐거움 323

인연, 삶의 조화 326

인연, 화합 329

인연, 조화 332

인연因緣, 장수 335

CHAPTER 1

이 세상에 모든 존재는

존재 그 자체로

가치가 있습니다

정서윤

서울대학교 서양화과 졸업하고 패션디자인, 시각디자인 쪽 일을 하며, 본래의 작업열정과 감각을 키웠다. 여러 필드의 경험을 토대로, 오히려 작업 소재에 대한 아트적 시도를 하며 자개회화를 전개한다. 초대 개인전 7회 초대 그룹전 10여 회, La, miami, 홍콩, 두바이 아트페어에 참가하며 작업에 힘을 싣고 있다. 세상에서 만난 궁극의 색체를 '빛과 컬러의 접점'에서 찾아온 정서윤 작가는 우리의 인생을 자연에 빗대어 순수한 궁극의 에덴풍경을 자개와 물감으로 작품 속에 구현한다. 정서윤 작가의 이러한 creating space 는 구상화의 과정에서 발전한 추상 형식의 실험이다. 작가는 "살면서 만나는 모든 연緣에는 이유가 있고 감사함이 모여 성찰과 행복의 삶이 된다"라는 믿음을 작품 속에 녹여낸다. 동양적 인연설의 표현이다. 어찌 보면 동양 자개는 서양 재료가 가진 빛의 한계를 자연스럽게 극복하는 동력이 된 것이다. 자개와 유화 페인팅은 분리된 별개의 물성과(자개와 물감) 공간이 사랑의 알고리즘과 만나 제 3의 공간으로 우리를 안내한다.

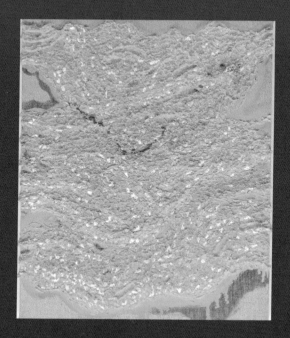

정서윤   **FLOW9**   2023

Mixed media on canvas(mother of pearl, pearl power, oil painting)   45.5×53cm

이 세상에 모든 존재는
존재 그 자체로
가치가 있습니다

> 잡초는 그 가치가 아직 우리에게 알려지지 않은 풀이다.
> 에머슨

황대권의 「야생초 편지」를 보면 잡초는 '잡스러운 풀', 제거 대상으로 '원치 않은 장소에 난 모든 풀', '잘못된 자리에 난 잘못된 풀'이라고 사전에 정의되어 있다고 합니다. 맞는 말일까요? 아닙니다. 생태주의 입장에서 보면 인간뿐 아니라 세상에 존재하는 생명체, 유기물뿐만 아니라 무기물까지도 귀한 존재가치를 지닙니다. 그러나 인간중심적 사고가 인간에게 쓸모가 없으면 잡초로 만드는 것입니다. 그래서 황대권은 '잡초 대신 야초로 쓴다.'고 합니다. 에머슨의 말도 인간중심적이지만 미완의 상태로 정의하고 있기에 그나마 다르게 해석할 가능성을 열어 놓았습니다.

사람도 마찬가지로, 자기에게 이로우면 좋은 사람이고 해로

우면 나쁜 사람이라고 규정하는 일이 다반사茶飯事입니다. 자기 중심적으로 세상을 구분하고 평가하는 일은 하늘, 땅의 소중함을 부인하는 잔인한 파렴치한입니다. 저 역시 편을 가르고 저를 중심으로 구분한 적도 많았던 것 같습니다. 제 존재가 귀한 만큼 다른 세상의 모든 존재도 귀하게 존재하는 것을 이해하지 못 했던 잔인한 존재였습니다. 세상에 같은 모양으로 존재하는 것이 없고, 같은 방식의 쓸모와 필요를 요청하지 않은데도, 서로 더불어 존재해야 하는 생태적으로 열려있는 가능성의 존재로 보는 것이 아니라 자신을 중심으로 쓸모와 필요를 판단하고 수단화하는 오만한 만행蠻行을 저지릅니다. 이번 기회로 저를 포함한 우리 모두는 존재하는 모든 인간과 생명체 그리고 무기물까지도 각기 다른 방식으로 다 소중하다는 것을 깨달았으면 합니다. 행복을 위해서는 나와 다른 모든 존재의 소중함을 인정해야 합니다.

여러분은 잡초가 있다고 보시나요? 잡초의 개념이 자의적이라고 보시지는 않나요? 다른 사람이 볼 때는 자신이 잡초여서 없애버려야 할 존재로 여기지는 않을까요? 섬뜩하지만 그럴 개연성도 있습니다. 저도 한 때 맘에 들지 않으면 '쓰레기 같은 놈'이라고 했으니까요. 세상에 잡초도 없고 쓰레기 같은 놈도 없습니다. 이 세상에 존재하는 모든 것은 그 나름대로 존중받아야 하는 소중함이 있습니다. 이름 모를 작은 풀 한 포기와 무심한 돌멩이 하나에도 우주가 담겨있음을 명심해야 합니다.

정서윤   **연.YEON. 초충도**   2021

Mixed media on canvas   45.5×45.5cm

이 세상의 모든 존재는
유기적으로 연결되어
있습니다

> 나는 기본적으로 식물은 땅과 우주 행성의 움직임, 태양, 달과 함께 모두 유기적으로 연결되어 있다고 생각해요.
> **니콜라 졸리**—프랑스 아펠라시옹포도주 생산자

소믈리에 김지수가 쓴 「소믈리에, 그 꿈을 디캔딩하다」에서 읽은 구절입니다. '동서양을 떠나 자연에 대한 생각은 같구나.' 하는 느낌이 들었습니다. 읽으며 너무 행복했고 기쁨에 넘쳤습니다. 지구 다른 한편에도 저와 생각을 같이하는 사람이 살고 있다는 즐거움이지요. 하늘과 땅의 법칙이 으뜸이고 그것을 감사하게 여기는 인간의 정성이 보태졌을 때 조화와 창조의 신비가 열매를 맺는다고 저는 늘 생각해 왔기 때문입니다. 저도 이처럼 귀한 생각을 한 것이 20여 년 전에 불과하고, 그 이전에는 오만방자한 인간중심주의자였습니다. 세상의 주인은 만물의 영장인 이성을 가진 인간이라고 생각했습니다. 인간 사이의 억압과 차별을 비롯한 불평등을 없애고 평화를 회복하는 일을 지상과제라 여겨서 다른 사물은 인간을 위한 수단이라 생각하고 잔인하게 함부로 대했습니다. 어리석은 생각을 사명으로 여겼던 제가 부끄럽습니다.

이제라도 무지몽매無知蒙昧에서 벗어난 것을 축복이라 생각하고, 창조주의 마음을 헤아리지 못함에 용서를 청할 뿐입니다. 하늘을 이고 땅을 딛고 목숨 줄을 유지하며 사는 인간이 자연의 고마움을 잊고 착취했으니 얼마나 나쁜 짓을 했는지 반성합니다. 인간의 욕심이 씨줄과 날실로 이어진 우주 체계를 흩뜨려 그 재앙을 받고 있다는 사실을 이제야 알았으니 제가 얼마나 어리석은 존재인가요. 이제라도 깨달았으니 다행이라고 위안도 합니다. 자연의 질서를 따르는 삶이 절실히 요구됩니다. '하늘의 명을 따르는 자는 흥하고 거역하는 자는 망한다.'는 것은 만고의 진리입니다. 포도 한 알을 맺게 하는데도 온 우주의 기운과 조화가 작용하기에 우리가 마시는 포도주 한 방울에 거룩한 우주의 섭리가 담겨있습니다. 그래서 농부는 우주의 화음和音을 듣고 노래하는 고귀하고 행복한 사람입니다.

여러분은 생명의 고리인 자연에 감사하신가요? 아니면 자연은 인간의 욕구를 채워주는 수단이라 보시나요? 인간은 우주와 자연의 소중한 일부로써 자연의 질서에 따를 때만 온전히 행복할 수 있겠지요?

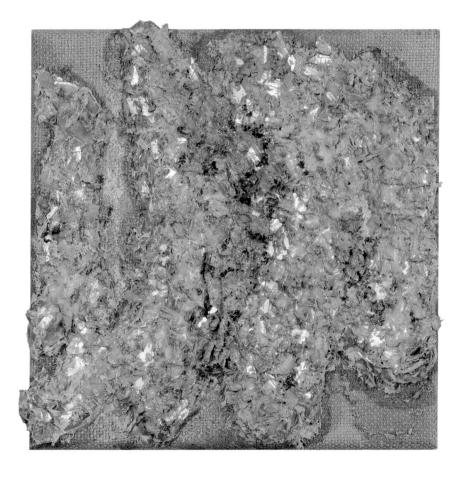

정서윤   **FLOW12**   2023

Mixed media on canvas(mother of pearl, pearl power, oil painting)   20×20cm

늙음과 쇠약함은
몸보다 마음속에
더 많은 주름을 남깁니다

늙음과 쇠약함은 얼굴보다는 마음속에 더 많은 주름을 남긴다.
몽테뉴

신체 중 가장 늦게 늙는 것이 목소리고 가장 늦게 죽는 것이 귀랍니다. 전화로 처음 말하는 분의 나이를 짐작하기 어렵고, 만나보면 목소리에 비해 훨씬 나이가 더 들었음을 압니다. 어른들의 말에 따르면 '저승길에 가시는 분에게 좋은 말씀을 들려 드려야 편히 떠나신다.'고 합니다. 왜냐하면, 귀가 가장 늦게까지 기능을 하기 때문이랍니다.

저는 이런 말을 하고 싶습니다. 밖으로 보이는 몸의 나이도 중요하지만, 마음의 나이가 더 삶을 좌우한다고. 그렇게 보면 죽을 때까지 열정이 꺼지지 않는 기백을 가진 젊은이로 살다가 돌아가신 분도 많습니다. 다른 사람들이 '징그럽다', '주책없다'고 흉볼 수도 있지만 부러움과 시기심일 뿐입니다. 아름답고 행복한 요소 중의 하나가 젊음을 유지하며 사는 것인데 젊다는 것은 기백과 도전정신이라고 봐도 됩니다. 공직을 퇴직하고 환경의 파수꾼이 되겠다고 환경과에 입학했던 늦깎이 학생이 생각납니다. 몸은 늙었으나 도전하는 사람이야말로 진정한 젊은이며, 젊어도 꿈과 희망도 없이 어영부영하며 산다면 늙어버린 것입니다.

몽테뉴가 말하듯 얼굴의 주름은 삶의 훈장이 될 수 있으나 마음에 난 주름은 가장 비극적이고 혐오스러운, 고치기 어려운 징표입니다. 그런데 외형으로 나타나는 주름을 감추려고 애쓰고 마음에 난 주름을 바라보지 못하는 세태가 안타깝습니다. 어르신들이 '몸은 늙어도 마음만은 청춘'이라고 외칠 때 아직도 당당한 젊음을 유지하고 있음을 봅니다. 저도 어느덧 제 삶을 '아직은 청춘이다.'라고 마음을 더 가꾸고 추슬러야 할 시기가 왔다는 것을 깨닫습니다.

세상을 여유롭게 바라보면서 인생 과업을 살피며 열정을 다하며 즐기시나요? 고통스럽고 힘든 일에 부딪히면 순응하거나 피해 지나갈 생각이 앞서시나요? 스스로에게 달려있습니다. 마음의 주름을 늘리는 어리석음은 범하지 말고, '내 안에 젊음 있다!'고 힘껏 소리치며 힘을 내 보실까요?

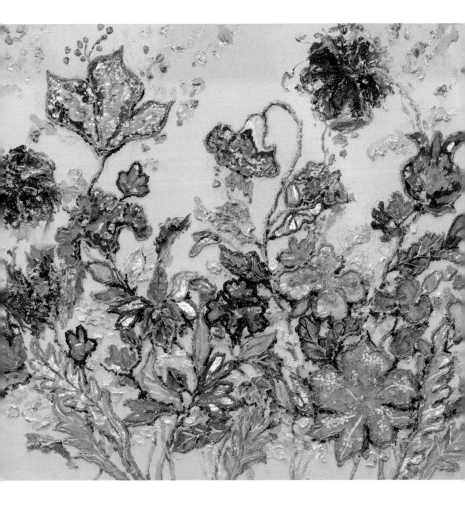

정서윤 **BLOSSOM3.1**   2023

자개.금.Mixed media on canvas(gold.mother of pearl)   53×45.5cm

가족이 있다는 사실이
운이 좋은 축복입니다

> 형제자매가 있는 사람은 자신이 얼마나 운이 좋은지 몰라. 물론 많이 싸우겠지. 하지만 늘 누군가 곁에 있잖아, 가족이라고 부를 수 있는 존재가 옆에 있잖아.
> 트레이 파커

제 마음을 상하게 하는 일이 있었는데, 얼굴도 없는 분이 페이스북 친구(페친)를 청하여 승인했더니 얼마 뒤 제 사진과 글에 '가면을 벗어라, 위선적으로 살지 말고 진실하게 살아라.'는 댓글을 달았습니다. 처음 있는 일이라 당황하여 삭제를 하였는데 기분이 썩 좋지 않았습니다. 많은 사람들에게 '사람을 너무 잘 믿고 긍정적이어서 탈이야'라는 말을 많이 듣습니다. 누군지 모른 사람을 페친으로 수락한 잘못을 차치하고라도 혹 그것을 보낸 사람이 나를 잘 아는 제자나 주위 사람일 수도 있기에 제 삶을 돌아보는 계기가 되었습니다. 제가 욕심 많은 인간이기에 저지른 잘못도 있을 것이고, 인식과 판단의 차이로 상대에게 상처를 줬을 수도, 말한 바대로 실천하지 못한 적도 있었을 것입니다. 그러했다면 비난받아 마땅합니다. 혹시 있다면 부족한 저를 용서해주시기 바랍니다. 세상은 자신의 마음의 눈으로 보기에 아름답게 투사하는 것이 행복의 지름길입니다. 스스로의 평안을 위해서입니다. 저는 결코 의도를 갖고 남을 미워하거나 상대를 궁지에 몰기 위해 모함하거나 수단화한 적은 없습니다. 늘 '지는 것이 이기는 것이다'라고 말씀하신 어머니의 가르침 탓입니다. 그런데 파커의 이야기는 제가 절해고도絶海孤島에 혼자 버려진 존재가 아니라 부정적이지만 관심을 받고 있다는 점에서 존재는 인정받고 있구나 하는 다행스러움도 일깨워주었습니다. 제일 무서운 것이 무관심과 싸울 누구조차 곁에 없다는 것입니다.

모든 사람이 똑같이 인식하고 판단하며 살 수는 없고, 때문에 갈등은 늘 있기 마련입니다. 가족들과 여러 문제로 갈등할 때 자신의 의견을 비판하며 다른 의견을 제시하는 다른 가족을 일시적으로 미워해 본 적 있을 것입니다. 저도 가끔은 그랬던 것 같습니다. 손해를 끼쳤다고 생각할 때는 더욱 그랬습니다. '쟤가 가족이야, 가족이 어떻게 그럴 수 있어'하면서 말입니다. 가족들이 얼마나 저를 잔인하게 여겼을까요? 부끄럽습니다. 우애가 좋은 가족을 보면 비교하며 부러워하기도 합니다. 우리 가족은 때로는 의견이 달라 다투기도 하고 완벽하지는 않아도 우애는 매우 좋습니다. 그 저변에 이해관계가 아닌 사랑이 자리해 있기 때문입니다. 문제는 자기만의 완벽한 기준에 사로잡힐 때 생깁니다. 과거에 저는 저의 기준에 맞지 않는 가족이 있을 때 상대의 의견이 옳지 않다고 사례까지 들어가며 비난했던 잔인한 가족의 일원이기도 했습니다. 반대로 저의 의견을 애정과 관심어린 시선으로 저를 따끔하게 비판하는 가족에게 '너나 잘해라.'라는 식으로 대했던 적이 있습니다. 참 후회를 많이 했습니다. 반성합니다. 귀에 거슬리는 말을 해줄 수 있는 누군가가 있다는 것에 감사해야겠습니다.

여러분은 괴롭고 힘들게 하는 사람이 있으면 존재가 흔들리시나요? 힘들게 하는 누군가 있다는 사실이 오히려 존재감을 강하게 하나요? 저는 잘못하지 않았다고 판단될 때는 마음이 고요하지만, 뭔가가 걸려있을 때는 마음이 힘들었습니다. 그때 제가 당시는 몰랐지만 잘못할 가능성을 가진 존재라는 것을 깨닫고 그때로 돌아가 내면을 비춰보는 성찰을 하고 스스로 아픈 상처를 달래고 위로하며, 때로는 상대에게 용서를 구하는 기회로 삼아 미해결된 문제의 감정 즉 마음의 응어리를 풀었습니다.

부정적이고 비판적인 것을 잘 받아들이면 발전의 주춧돌이 되기도 하지만 그것이 마음을 힘들고 아프게 하는 소중한 선물이 아닐 때는 받지 마세요. 순간적으로는 힘들 수 있지만 솔직하게 마음을 드러내 놓고 나무라고 충고하는, 싸울 수 있는 가족이 있음에 고마워하세요. 가족이 있다는 자체로도 여러분은 행복한 존재들입니다.

정서윤   **FLOW2**   2023

Mixed media on canvas(mother of pearl,pearl power,oil painting)   25×33cm

지치지 않고
이 세상에 도움이 되고
봉사하는 존재가 되세요

> 나는 세상에 도움이 되는 존재가 되기 위해 끊임없이 노력할 것이다. 나는 어떤 고된 노동에도 지치지 않을 것이다. 타인들을 위한 봉사도 마찬가지다. 절대로 지치지 않을 것이다. 이게 바로 축제 같은 삶을 위한 신조信條다.
> 레오나르도 다빈치

위 구절을 읽고 전율을 느끼며 다빈치를 더 좋아하고 존경하게 됐습니다. 이지성 작가의 「생각하는 인문학」에 나온 '다빈치의 노트'의 구절입니다. 다빈치가 왜 가슴에 와 닿는가를 보여주는 너무나 멋진 장면입니다. 그는 여러 방면에 조예가 있고 뛰어난 재주를 가진 천재이기 전에 절체절명의 과업을 축제로 여긴 위대한 사람이기에 끊임없는 노력에 뒤따른 피와 땀은 습관적인 의식이 아니라 축제였던 것입니다.

미켈란젤로는 역사적으로 위대한 성당을 지으며 하느님께 영광과 찬미를 하며 그 어려운 과업을 즐겁게 해냈다고 하기에 저는 많은 감동을 받았습니다. 다빈치는 더하여 늦은 나이에도 자신을 계발하는데 최선을 다했고, 세상에 도움이 되기 위해 축제처럼 즐겁게 일한 자세는 게으르고 편안한 안일함에 빠져 있는 제 삶에 일침을 놓았습니다. 천재는 1%의 영감과 99%의 노력의 산물임을 다시 깨우쳐 주었습니다. 생각은 삶에 많은 이득과 편리함을 주기도 하지만, 사람에 대해 따뜻한 가슴으로 같이 하지 않으면 감동을 주지 않습니다. 르네상스의 대표적 예술가이자 팔방미인인 다빈치에게서 인문주의의 정수精髓를 보았습니다. 인문주의자는 생각이 뛰어난 논리주의자나 비전을 제시하는 사람, 학식이 많은 글쟁이에 그치는 것이 아니라 사람을 사랑하고 따뜻하게 품어주는 사람입니다. 다빈치처럼 말입니다.

여러분은 삶을 불사를 정도로 공부하며 공공의 목적에 들어맞는지 고민하시나요? 아니면 삶의 편안함을 추구하는 방편으로만 이용하시나요? 역사적으로 보면 자신의 영달을 위해 얄팍한 지식으로 거짓말로 혹세무민하는 경우도 봤습니다. 저도 조그만 지식으로, 알아주지 않음을 서운해 하고 남을 판단하는 잣대로 삼아 무식하다고 비난하는 잔인한 행위를 많이 했습니다. '배워서 남 주자.'를 진심보다는 농담으로 한 적도 있었습니다. 이를 반성하며 지식인으로서의 올바른 삶을 다빈치에게 배웁니다. 저의 여러 면의 부족함을 채우기 위해 끊임없이 노력하면서 세상에 기쁘게 나누어 주겠습니다. 오늘도 기쁨이 넘치게 살아보실까요.

정서윤　　　**만개**　　　　　　　　　2023
　　　　　　Mixed media on canvas　　　91×61cm

현재 가지고 있는
은혜로움에 감사하고
평정심을 잃지 마세요

내가 가지고 있지 않은 것을 갖고 있다고 생각하는 헛된 생각에 빠지지 말고 가지고 있는 것 중에서 가장 은혜로운 것을 생각하라. 또한, 나에게 그것들이 없었다면 얼마나 갈망했을 것인가를 생각해보고 감사하게 여겨라. 어떤 이유로 그것을 갑자기 잃어버리는 불행을 당하더라도 평정심平靜心을 잃지 않도록 주의하라.
마르쿠스 아우렐리우스

「명상록」에 담긴 사상처럼 그의 실제 정치는 이상적이지 않았지만, 주어진 삶에 충실하며 감사하는 모습이 인상적입니다. 스토아사상가 중 에픽테투스의 영향을 받아 인내하고 금욕하며 살아야 한다는 계명에 충실했으며, 과장하지 않는 자연의 질서와 조화를 이루는 마음의 평정심을 중시했습니다.

「에밀」을 쓴 루소가 자식들을 다 고아원에 보낸 역설逆說이 있지만, 아동존중사상을 서양 교육에 심어준 교육사상가로 추앙받는 것처럼 재임기간 동안 전쟁, 질병, 기독교 박해, 경제적 어려움 등을 겪었지만, 전쟁과 행정의 바쁜 일정 속에서도 '명상록'을 썼고 후세의 많은 이들에게 위안과 영감을 주며 인간의 고매한 위엄까지도 보여줍니다.

여러분은 현재의 삶에 만족하고 감사하며 행복해하시나요? 혹 가지지 않은 것을 바라며 잠시 닥쳐온 위기에 '운명'이란 멍에를 씌우며 불행의 화신化身이라 여기시나요? 냉정하게 보면 인생의 과정에는 고난과 축복, 행복과 불행이 동반합니다. 우리 모두 평정심을 잃지 않았으면 좋겠습니다.

정서윤   **FLOW5**   2023

Mixed media on canvas(mother of pearl, pearl power, oil painting)   91×91cm

자신이
남을 알지 못함을
걱정하세요

> 남이 나를 알아주지 않음을 걱정하지 말고 내가 남을 알지 못함을
> 걱정하라.
> 논어―'학이'편 마지막 구절

공자는 '학이'편 맨 앞 셋째 구절에서 '다른 사람이 나를 알아주지 않아도 분노하지 않으면 군자'라 했습니다. 자신을 알아주지 못한 시대를 탓하고 한이 맺혔던 공자가 이를 뛰어넘어 철저히 반성하며 '자신이 다른 사람을 알지 못함'을 말하고 있습니다. '열 길 물속은 알아도 한 길 사람 속은 모른다.'는 말처럼 남을 알기는 너무나 힘듭니다. 자신도 모르는데 남을 어찌 알겠느냐는 노래 가사도 있지 않은가요.

중요한 것은 남을 알기 전에 자신에 대한 철저한 성찰이 필요하다는 것입니다. 객관적인 성찰은 힘들어도 자신을 진지하게 들여다보면 주관적 객관성을 키울 수 있습니다. 모든 깨달음은 내적 성찰에서 비롯됩니다. 남에게 알려지거나 남을 알기

전에 자신의 마음의 공력功力이 우선돼야 한다는 것이지요. 이는 신독愼獨의 실천에서도 얻을 수 있습니다.

　공자는 '남이 나를 알아주지 못함을 걱정하지 말고, 자신이 유능하지 못함을 걱정하라'(논어, 헌문편 32), '군자는 자신의 무능을 병으로 여겨야지 남이 자기를 알지 못함을 병으로 여기지 않는다'(논어, 위령공편 18)는 말에서도 수기修己의 중요성을 거듭 강조합니다. 다른 성인들도 마찬가지이지만 공자가 위대한 점은 모든 것을 남의 탓으로 돌리는 것이 아니라 내면內面을 성찰하며 자아를 확장하고 성장하는 계기로 삼은 것이고, 이것은 인격적인 승화昇華입니다. 세상이 나를 알아주지 않는다고 한탄하고 분노하는 것이 아니라 몸과 마음을 닦으며 자신을 '참'으로 이해하고 가치가 알려지기를 기다리는 것이 군자인 것입니다. 공자도 '남이 나를 알지 못함을 구하지 말고 자신이 참으로 알려지기를 구하라'(논어, 이인편14)라고 한 것도 맥脈이 통합니다.

　세상에서 자기의 가치를 오롯이 인정하는 사람은 자신밖에 없습니다. 칸트가 실천이성비판의 마지막 구절에서 '하늘의 별 총총 내 마음의 도덕률'이라고 말한 것처럼 자신의 정언명법正言命法을 따르는 일이야말로 아름답게 사는 일입니다. 다른 사람의 평가보다는 자신의 마음을 들여다보는 성찰에 따른 자신의 평가가 먼저입니다. 오늘도 자신을 진정으로 들여다보는 날이 되시기를 빕니다.

CHAPTER 2

친구가 있다는
사실 자체가
기쁜 일입니다

조연경

이화여자대학교 디자인 대학원 섬유전공 석사 졸업하고 개인전 8회와 다수의 공모 선정
과 기획전 참여, 서울 문화 레지던시 신당창작아케이드 레지던시, 이화섬유조형회, 서
초미술협회, 한국공예가협회
섬유 소재의 평면성에서 벗어나 삼차원의 공간성을 구현하는 작업을 하고 있다.
섬유의 원초적인 소재인 실을 비롯하여 노끈이나 철망, 한지의 원료인 닥 섬유 등을 탐
구하고 다양한 규모의 작업들을 선보인다. 작업은 오래전부터 나의 삶의 일부가 되었
다. 자연의 생성과 소멸, 자연 순환의 현상을 바라보며 작업의 과정을 통해 마음을 정화
시키고, 새로운 생각들을 담아 시간성과 생명성을 시각화한다.

조연경   **자연의 순환 5**   2021
             면노끈 폴리에스테르사 옻칠 금박   60×60×8cm

친구가 있다는
사실 자체가
기쁜 일입니다

> 친구가 있어 먼 곳에서 찾아오니 이 또한 기쁘지 아니한가?
> 논어—'학이편' 첫머리 둘째구절

'有朋自遠方來 不亦樂乎(유붕자원방래 불역낙호)?' 김용옥 교수는 유는 우友로 고쳐있는 것이 타당하다고 합니다. 저는 고전학자는 아니기에 용법을 따질 정도의 실력을 갖추지 못했지만 문맥의 의미를 '현대적으로' 해석하고자 합니다.

한때 이 구절을 '주酒붕자원방래 불역낙호?'로 고쳐 읽었습니다. 술을 즐겨 먹던 때 친구가 찾아와 한 잔 먹자고 하면 기쁘고도 행복하다고 생각했던 시절이 있었습니다. 순수하고 아름다운 쾌락(?)이었는데 그 친구들이 지금은 어디에 있는지 궁금합니다. 공자 시대의 벗朋은 얄팍하게 세상을 풍자하거나 뒷담화나 음담패설淫談悖說을 늘어놓으며 적당히 타협하며 기분 전환으로 한잔 먹는 그런 동반자를 뜻하지 않습니다. 배우고 익히는 것을 즐기며 그 뜻을 더불어 새기고 실천하는 동지적 수준의 친구일 것입니다. 저에게 그런 친구가 있는가 하고 물으면 부끄러울 따름입니다. 물론 제 자신이 큰 그릇이 되지 못함을 먼저 반성합니다. 멀리 있지만 늘 그리워하고, 보고 싶고, 찾아오면 기쁜 친구는 있어 행복합니다만 큰 뜻을 같이하는, 즉 배우고 익혀 그 뜻을 펼칠 친구가 없다는 것이 부끄럽기도 하고 슬픕니다.

세파에 휩쓸려 안위하며 사는 제 모습이 부끄럽습니다. 함석헌 선생의 '그대는 그런 사람을 가졌는가.'라는 시가 떠오릅니다. '그대는 가졌는가 뜻을 같이하며 이 세상을 살아갈 친구를!' 그 정도까지는 아니더라도 적당히 '좋은 게 좋은 거'라고 타협하고 비위 맞추는 것이 아니라 서로를 귀하게 여기고 인정하며 따끔한 충고도 어떤 말도 아름답게 들을 수 있는 친구가 있는가를 자문합니다. 어떠신가요? 삶을 같이 살아가며 닮고 싶은 친구가 있으신지요? 친구를 생각하고 그 뜻을 새겨보시는 아름다운 날이 되시기를 빌어봅니다.

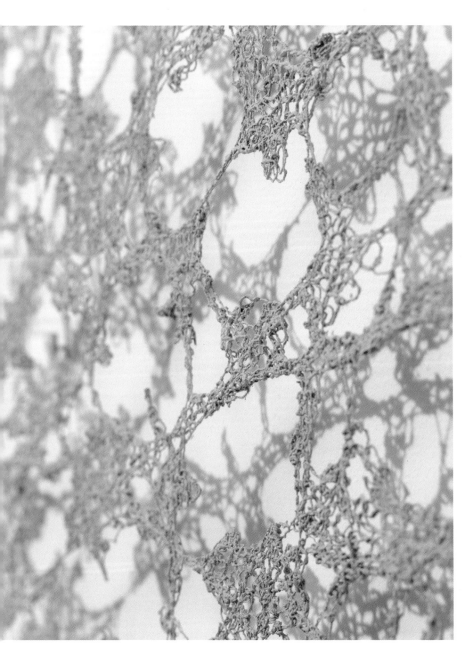

조연경 **자연-바다-물보라** 2019
폴리에스테르사, 아크릴페인팅 150×109×5cm

배우고 때에 맞추어
익히는 것은
기쁜 일입니다

> 배우고 때에 맞추어 익히니 또한 기쁘지 아니한가.
>
> 논어―'학이편' 첫 구절

　　김용옥 교수는 '학이편'이 첫 세 구절의 공자 말을 빼놓고는 권위주의적 노모스nomos (법)로 왜곡되었다며 논어의 첫머리에 나와서는 안 된다고 평評을 하고 있는데 전적으로 동의합니다. 제가 평소에 가장 즐기는 구절이 '학이시습지 불역열호學而時習之 不亦說乎'라는 구절입니다. 지금도 여전히 배우는 것을 좋아하여 이곳저곳을 호기심 있게 다니는 것 보면 제 삶의 좌표이기도 합니다. 어떤 분들은 제가 교육장에 오면 강의하러 온 줄로 압니다. '뭐가 더 배울 것이 있다고 오세요?' 하는 사람과 '호기심 천국 과잉행동증후군 아니냐?'고 놀리는 사람도 있습니다. 공자 말씀 중에 '배운 뒤에 부족함을 안다'는 구절을 즐기는데 저에게 딱 맞아떨어집니다. 여전히 많은 부족함이 저로 하여금 배움의 욕구를 불러일으킵니다. 여전히 무덤에 들어가서까지 학생學生이라는 접두어를 붙이는 조상들처럼 말입니다.

배우고 깨닫기 위해 제 때에 익히는 것은 즐거움의 으뜸입니다. 그러기에 가르치는 일을 택한 것이 부끄러우면서도 천만다행이라 생각합니다. 교학상장敎學相長이라는 말이 있는데 제가 학문과 식견이 낮고 재주가 없지만 배우는 것이라도 즐거워하니 다행입니다. 배움에 대한 열정이 가르치는 일을 더욱 성장하도록 하는 밑거름이 되는 것은 분명합니다.

배움에는 때가 있다고 합니다. 맞는 말이지만 효율은 떨어져도 배우는데 '늦음'은 없다고 생각합니다. 죽는 날까지 공부하는 사람으로 살고 싶습니다. 소크라테스가 자신의 무지를 깨닫고 끊임없이 질문하여 진리를 탐구했듯이 말입니다.

그래서 학이편의 첫 구절을 좋아합니다. 좋아하는 출판사 사장이 회사 이름을 지어달라기에 학이당學而堂이라고 지어주기도 했습니다. 태어나면서부터 지혜롭지 못하기에 배우는 것이라도 좋아하며 살고 싶고, 어리석지만 거창하게 배우기를 좋아하는 사람과 밤을 새우며 진리를 이야기하는 공동체를 꿈꿉니다.

여러분의 꿈은 무엇인가요? 배우기를 좋아하시나요? 배움에서 즐거움을 찾는 행복한 하루 되세요.

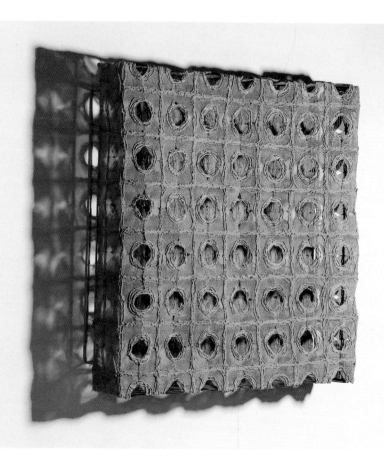

조연경   **고차원의 패턴4**   2023

철망, 안료, machine stitch   80×80×11

중中과 화和는 천지를 제자리 잡고 만물을 온전히 기릅니다

> 희로애락이 일어나기 '이전'을 중中이라고 하고, 희로애락이 일어나지만 모두 중절을 유지하는 '상태'를 화和라고 말합니다. 중은 천하의 커다란 근본이며, 화는 온 세상이 도에 합치된 상태를 뜻합니다. 중과 화가 온전히 실현되면 천지가 제자리를 잡으며, 만물이 온전히 길러진다.
>
> **중용—수장 둘째 구절**

늦깎이 군대 생활을 할 때 한 자 한 자 쓰면서 보았던 구절입니다. 첫째 구절이 '하늘이 명한 것을 성이라 하고, 성을 따르는 것을 도라 하며, 도를 닦는 것을 교라 한다.'입니다. 즐겨 외워서 가르치기도 하지만 성性, 도道, 교敎의 관계를 보통의 수준에서 논하고 있는, 규범적이면서 다소 추상적이고 어려운 구절입니다.

그러나 두 번째 구절은 시원스럽게 해석할 수 있도록 명쾌합니다. 전문적인 연구가는 웃을 수도 있지만, 필자의 해석은 이렇습니다.

희로애락은 보편적인 정서인데 그것이 표현되기 전의 마음 기준, 즉 가치판단의 모범적 기준을 중으로 보고, 이 기준에 들어맞아 온전히 표현한 것을 화라고 합니다. 그러기에 정서적 표현의 이상적이고 바람직한 상황은 중에 의해 조절되고 절제되어 상황에 맞게 온전해지는 것이 중절中絶이고 치중화致中和의 길입니다.

여러분은 자신의 정서를 표현하는 근본 잣대나 온전히 드러내는 방법이 있으신가요? 인간이 마땅히 따라야 할 객관적 규범으로 성이 있듯이 이를 바른 경로로 얻고 실현하는 것이 배움의 기본입니다. 마음과 정서를 자연스럽고 아름답게 표현하는 중절과 중화의 마음이 깃들어야 합니다. 쉽게, 중은 불편부당不偏不黨한 치우치지 않는 기준이고, 화는 어울림이니, 중화는 자신의 마음속 기준을 속이지 않는 진실함과 상대와 상황을 배려한 정서적 표현이 온전한 것이라고 가르쳐줍니다. 자기 기준에만 너무 충실하거나 남의 기분에 거슬리지 않으려고 눈치를 보는 것은 바람직하지 않습니다.

위선을 버리고 중절을 지키며 치중화하는, 사람과 만물이 어울리는 온전히 행복한 날 되시기를 기도합니다.

조연경 · **자연의 순환 13** · 2021

노끈, sewing machine, 안료 · 85×85×9cm

가난한 사람을 도우는 것은
그 자체로 자신의 마음을
편안하게 합니다

> 난 거지를 도우려고 돈을 준 것이 아니오. 단지 인간의 빈곤을 보
> 며 고통을 느끼는 내 마음을 편하게 하려고 그렇게 한 것뿐이오.
> 토마스 홉스

「레비아탄」이라는 책에서 인간을 만인에 대한 만인의 투쟁
이라고 규정하며 날 때부터 이기적이고 공격성과 적개심을 가
진 사악한 존재라고 믿는 사람이 홉스입니다. 어느 날 그가 거
지에게 돈을 주는 모습을 본 이가 '어떻게 거지에게 너그러울
수 있느냐'고 하자 답한 말입니다. 자비와 친절 뒤에 숨겨진 이
기적이고 자기 위안의 변명이지요. 칸트도 동정과 자기 위안과
만족이 들어가 있는 것은 절대로 선善이 아니라고 했습니다. 서
양의 많은 철학자와 심리학자와 과학자들은 인간이 원초적으
로 공격 성향을 갖고 있고(프로이트), 기본적으로 약탈자이며 영
역 때문에 싸움을 하는 존재(로버트 아드리와 콘라드 로렌츠)라고 봅
니다. 여러분도 인간은 순전히 자기 이익만을 챙기는 이기적

존재라고 보시나요?

저는 그렇게 보지 않습니다. 인간의 폭력적이고 갈등하는 것은 생물학적, 사회적, 환경적 요소에 영향을 받는 것이지 본성은 평화롭고 자비롭게 태어났다고 믿습니다. 인간은 행복을 추구하는 존재이고 행복하기 위해서는 사랑, 친밀, 따뜻함, 배려하는 마음이 있어야 하기에 그런 마음을 타고났다고 봅니다. 그런데 부모들의 잘못된 양육과 경쟁과 탐욕으로 얼룩진 사회에 살면서 나쁜 싹이 올라왔습니다. 지금부터라도 성찰하면서 자신의 진정한 마음을 찾아가야 가며, 다른 사람을 해치지 않고 서로가 평화롭게 상생하고 공생하는 대동의 세계를 만들어야 할 것입니다.

여러분은 인간의 본래 마음을 어떻게 보시나요? 그리고 어떻게 표현하시나요? 오늘도 진정한 아름다움과 친절함을 일깨우는 하루 되세요.

조연경   **고차원의 패턴 8 9**   2021

철망, 폴리에스테르사, sewing machine   각각 40×40×10cm(아크릴박스 포함)

탐욕의 반대는
무욕이 아니라
만족입니다

> 사람은 만족을 얻기 위해 탐욕을 갖지만, 뜻밖에도 바라는 것을 얻은 뒤에도 여전히 만족하지 못합니다. 이것이 탐욕의 흥미로운 점입니다. 탐욕의 반대는 무욕無慾이 아니라 만족滿足입니다.
> **달라이 라마**

달라이 라마의 말씀은 군더더기가 없고 명쾌한 가르침을 줍니다. 이 글을 읽으며 공자님의 '지족' 知足(충분함을 안다)이 떠올랐습니다. 일단사일표음一簞食一瓢飮(대나무통밥 한 그릇과 물 한 표주박), 즉 한 끼의 소박한 식사로도 행복하게 사는 안회(안연)를 칭찬한 이야기가 떠오르며 제 마음을 사로잡았습니다. 어떻게 하면 욕구를 채울 수 있을까요? 두 가지의 접근방식이 있을 수 있습니다.

첫 번째는 바라는 모든 것을 손에 넣는 것입니다. 바라는 것을 다 얻을 수도 없지만 이러한 접근법은 결코 욕구를 채울 수 없습니다. 사람들은 진주를 가지면 다이아몬드를 갖고 싶어 하고, 끊임없이 갖고 싶은 것이 새로 생길 것입니다.

두 번째는 가진 것에 만족하고 감사하는 것입니다. 진정한 행복은 마음과 더 깊은 관계가 있습니다. 물질에 기대는 행복은 불안정한데, 마음에 바탕을 두면 존엄과 가치를 귀하게 하므로 지속적인 행복을 줍니다. 열린 마음으로 기쁘게 살면 진정한 행복이 열릴 것이니, 만족과 감사를 알고 행하는 것이 건강한 삶의 지혜입니다. 기독교의 가난의 의미와 불교에서의 삼독의 하나인 탐貪에서 벗어난 무욕의 삶을 본받아야 합니다.

현재의 삶에 만족하시나요? 아니면 부족하다고 느끼시나요? 무욕청정의 행복을 찾아 마음속으로 여행을 해보실까요?

조연경   **고차원의 패턴 1**   2021
                   폴리에스테르사, 철망   68×68×11cm(액자 포함)

구도적 스승의 말씀은
가슴이 뛰고 눈물이
흘러내리게 합니다

> 소크라테스의 말을 듣노라면 마치 종교적 열정에 사로잡힌 광신
> 자처럼 가슴이 뛰고 눈물이 흘러내린다.
> **플라톤 대화편—심포시온에서 알키비아데스의 고백**

    소크라테스는 대화편의 향연饗宴에서 디오티마의 입을 빌려 에로스의 탄생을 다음과 같이 그리고 있습니다. 에로스는 풍부의 신神 포로스와 가난과 결핍의 여신 페니아 사이에서 태어난 정령精靈입니다. 에로스는 미와 추, 선과 악, 지혜와 무지의 중간자이며, 미와 선과 지혜를 동경憧憬하며 쉼이 없이 좇는 존재입니다.

    지혜에 대한 사랑이라는 철학의 탄생도 결코 달성할 수 없는 것에 대한 끊임없는 동경을 뜻합니다. 인간은 완전하기를 바라지만 결코 이룰 수는 없지요. 이는 소크라테스 자신의 모습입니다. 그것은 무지를 자각하고 끊임없는 질문으로 진리를 얻으려는 열정이었습니다. 공자도 '아침에 도를 들으면 저녁에 죽

어도 좋다'는 구도求道의 열정을 가졌는데, 그래서 이러한 분들을 인류의 스승이라 하는 모양입니다. 평범한 우리네 삶도 완전을 추구하지만 불완전한 중간자로서의 한계를 가지고 있는 것입니다.

키에르케고르는 이러한 개인의 삶을 실존實存이라고 불렀습니다. 이러한 한계상황 속에서 할 수 있는 최선은, 이르지는 못하지만 진리를 찾는 끝없는 열정을 갖는 것입니다.

누군가 소크라테스처럼 솔직한 열정과 애정으로 진리의 길로 무지몽매無知蒙昧한 우리를 이끈다면 알키비아데스처럼 감동을 받아 가슴이 뛰고 눈물이 저절로 흘러내릴 것입니다. 종교를 가진 사람이 회개하고 삶을 바꾸며 진실한 신앙을 찾아가는 것과 비슷할 것입니다.

우리 시대에 가슴을 뛰게 하고 감동의 눈물을 흘리게 하는 스승이 있는지, 그런 스승에 감동할 수 있는 감수성이 우리에게 있는지 묻고 싶습니다. 나아가 제자들과 동시대의 사람들에게 '위험을 무릅쓰고라도 기꺼이 진리를 추구하는 아름다운 존재로 살 용기가 있는지' 열정적으로 묻습니다.

답은 여러분의 자유로운 선택에 있습니다. 유한한 삶을 의미 있게 하는 완전한 답은 되지 못하더라도 진지하게 고민해 보세요. 삶의 주인은 자기 자신입니다. 여러분의 선택을 존중합니다. 오늘도 행복하세요.

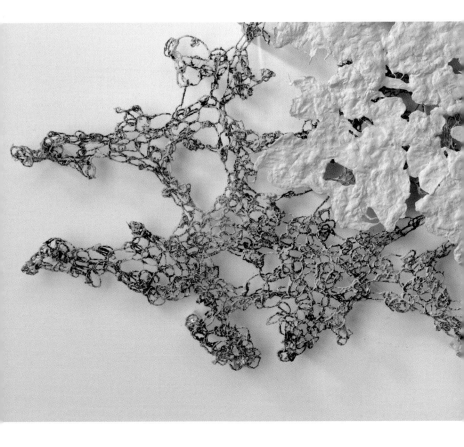

조연경   **자연의 순환 16**   2021

노끈, sewing machine, 안료, 금박   70×83×6cm

믿음이
나라를 지탱케 하는
근본입니다

나라를 다스리는데 가장 중요하고 근본적인 것은 믿음이다.
공자

죽음을 부르는 세균이나 바이러스보다 더 무서운 것은 탐욕 때문에 일어나는 불신입니다. 아무리 무서운 바이러스가 침투하고 전염돼도 면역력이 좋으면 아무것도 아닙니다. 공자의 말처럼 나라를 유지하는데 군사나 먹는 것보다 더 앞세워야 할 최후의 보루堡壘는 신뢰 즉 믿음이라 봅니다. 관계에서도 그렇고 스스로에 대해서도 믿지 못하면 존재의 근거를 잃어버립니다.

코로나 바이러스 때문에 공포에 떠는 것을 보면서 인간의 탐욕이 불신을 낳았고, 때문에 불안이 더 커지고 있는 것을 보았습니다. 어느 조직이든 서로를 불신하고 믿지 않으면 와해되고 무너집니다. 제가 알고 지내는 동료 교수로부터 어떤 것이 우리 사회를 지탱하는 데 가장 필요한지 몇 가지 조언을 해주세요? 라는 질문에 신뢰, 소통, 공동의 비전이라고 했는데 그중에 으뜸이 신뢰입니다. 믿음이 깨지면 조직은 사상누각입니다.

여러분은 스스로와 다른 이를 믿으시나요? 믿음은 삶을 안정케 하며 행복의 주춧돌이라 봅니다. 오늘도 두려움을 버리고 자신과 타인에 대한 믿음을 키워보실까요?

CHAPTER 3

친구는 당신에게
마음의 문을 열어주는
사람입니다

이진이

홍익대 일반대학원 회화과를 졸업하여 대한민국 미술대전 초대작가로 개인전4회, 초대전 4회, La, 일본, 싱가폴 단체전 및 아트페어 다수 참가하였으며 국내외 공모전 및 대회에서 50여 회 수상하였다.

찬란하고 아름답게 빛날 삶을 위한 염원과 축복을 담은 작품들을 주로 다룬다. '나의 삶이 찬란하게 빛나기를...' 누구나 한 번쯤, 또는 매일, 매 순간 바라 마지않는 자신의 삶에 대한 염원을 주제로 하여 사람으로서 꿈꾸는 가장 근본적인 욕망을 아름답게 표현한다. 따라서 이진이 작가의 작품은 주로 삶을 위하는 작업의 결과물로써, 그 중 'A Golden Forest'와 '나의 바다에 황금비가 내리네', '무릉도원_그 찬란하게 아름다운'은 작가가 추구하는 메시지를 담아 그 의미가 더욱 짙은 연작 시리즈 작품이다.

이진이   **Love Sea** (사랑의 바다)   2023
             Mixed media on canvas   53×45.5cm

시간에
얽매이지 말고
지금 잘 쓰세요

> 시간은 우리가 쓰는 것이지 얽매일 것은 아니다.
> 무사 앗사리드

「사막별 여행자」에 나오는 구절입니다. 시간은 소중한 자산인데 우리가 주인이 되어 사는 것이 아니라 종이 되어 끌려가며 후회하고 불안해합니다. 아프고 힘든 사람은 현재를 살지 못하고 과거와 미래에 얽매이는 존재입니다. 우리는 지금 여기에서 선택하고 삶을 결정할 자유가 있습니다. 여러분은 시간을 얼마나 자유롭게 쓰시나요? 고통스럽다고 회피하고 불안하다고 미루지는 않나요? '오늘'은 삶을 뜻 깊게 만드는 선물이니 시간의 노예가 되지 말고 당당하게 주인으로 쓰세요. 시간이 주는 고통도 즐거움도 시간을 우리가 어떻게 쓰느냐에 달려 있습니다.

어떠신가요? 시간에 지쳐서 노예처럼 사실 건가요? 지금 여

이진이   **영원의 길(나의 바다에 황금비가 내리네)**   2023
Mixed media on canvas   72.7×53cm

기 주인으로 당당히 살아가실 건가요? 여러분의 선택이 행복
을 부릅니다.

삶의 주인공으로 지금·여기에의 삶을 사랑하고 즐기며 누리세요

> 춤추라, 아무도 바라보고 있지 않은 것처럼
> 사랑하라, 한 번도 상처받지 않은 것처럼
> 노래하라, 아무도 듣고 있지 않은 것처럼
> 일하라, 돈이 필요하지 않은 것처럼
> 살아라, 오늘이 마지막 날인 것처럼
> 알프레드 디 수자

수자의 시 '사랑하라, 한 번도 상처받지 않은 것처럼'에 나오는 이 구절들은 되씹어 읽어도 감동을 줍니다. 일부는 수잔나 클락과 리차드 레이의 '마음의 노랫말과 현으로부터'라는 시에서 따온 것입니다. '처럼'이라는 말이 현재 그렇지 못하다는 것으로 걸리긴 합니다만 거리낌 없이 자유롭게 춤추고, 사랑하고, 노래하고, 일하며 지금 여기에서의 삶을 누리라는 멋진 가르침을 줍니다.

제 삶을 돌아봤습니다. 무소의 뿔처럼 자신 있고 당당하게 다른 이의 눈치를 보지 않고 살고 있는지 돌아봤는데 부끄러워 고개를 들 수 없었습니다. '하는 척'하고, 상대를 배려한다는 명분으로 눈치를 본 적도 많았습니다. 안팎이 다른 것이지요.

싫어도 거절 못 하고 비유를 맞추는데 급급했습니다. 내면의 욕구나 바람으로부터 해방되지 못한 것이지요. 때로는 두려움 때문에 진정으로 자유롭게 살지 못한 것이고, 당당하고 자유롭게 삶을 즐기는 자가 되지 못한 것이라, 후회와 반성이 밀려옵니다. 이제라도 늦지 않았다고 생각합니다. 완전할 수는 없지만 저 자신을 당당한 삶의 주인공으로 생각하게 되었으니까요. '지금 여기'를 자유와 진리가 넘치는 이상향으로 여기고 춤추겠습니다.

여러분은 소신대로 부끄럽지 않고 자유롭게 살고 계시지요? 남의 눈치를 보고 내면의 자신감도 부족해 갈팡질팡하지는 않으시지요? 자신을 삶의 주인공으로 모시며 당당한 선택을 해보실까요? '오늘 내가 머무는 곳이 천국'이 확실합니다.

이진이 **그들이 사는 세상** 2022

Mixed media on canvas 90.9×60.6cm

친구는 당신에게
마음의 문을
열어주는 사람입니다

> 다른 사람에게 결코 열어주지 않는 문을 당신에게만 열어주는 사
> 람이 있다면 그 사람이야말로 진정한 친구이다.
> 생텍쥐베리

친구의 의미를 되새기게 하는 좋은 구절입니다. 마음의 문을
열어 기쁘게 받아주는 것은 진정한 친구에게 할 수 있는 자연
스러운 행위로, 여러분의 모든 처지를 이해하고 받아들인다는
것입니다. 친구가 자신과 같은 길을 지향하면 좋겠지만 다르
다 할지라도 미워하거나 비판하는 것이 아니라 '그럴 수 있겠
구나. 저 친구는 무엇을 하더라도 믿는다.'는 인정認定이 있습
니다.

세상이 이해관계로 얽혀있어 만남에 계산이 깔려있는 경우
가 많습니다. 그러기에 순수하고 거짓 없는 행복한 만남이 아
니라 긴장이 있는 조건적 자극과 반응들이 피곤하게 합니다.
친밀과 순수함을 바탕으로 흉금을 터놓은 만남이 우리의 갈망

渴望입니다. 욕심일 수도 있겠지요. 옳고 그름, 싫음과 좋음의 구분이 없는 무조건적이고 자연스러운 만남이 우리에게, 아니 저에게 필요합니다. 저부터 반성하며 열어주지 않는 문을 기다리기보다 먼저 마음의 문을 열어주는 사람이 되어야겠다고 다짐해봅니다. 그러다보면 마음을 온전히 열어주는 친구가 나타나겠지요. 오늘도 저에게 문을 두드리는 친구에게 진심으로 마음을 열고 받아들이겠습니다.

　마음의 문을 온전히 열어주는 친구가 있으신가요? 행운이자 축복입니다만 더 중요한 것은 내 마음을 기꺼이 내어주는 자세입니다. 오늘도 나에게 문을 열어 준 친구 때문에 기쁨이 넘치고, 또 내가 먼저 문을 여는 하루 만드시길 빌어봅니다.

이진이 **도원 속 그들** 2022

Mixed media on canvas 90.9×65.1cm

성공보다는
가치를 추구하는
사람이 되세요

성공한 사람이 되기보다는 가치 있는 사람이 되려고 노력하라.
알베르트 아인슈타인

    사람이 사는 이유는 세속적으로는 입신양명立身揚名일 것이며, 바꿔 말하면 성공입니다. 보통 성공하면 행복할 거라고 착각하며 자신의 성공을 위해 수단과 방법을 가리지 않습니다. 아인슈타인의 말을 곱씹어보니 '물질이든 명예든 자신을 밖으로 나타내는 성공에 집착하여 그것을 위해 수단과 방법을 가리지 않는 속물근성을 버리고 바른 사람으로 살아라.'는 말을 대신해 '가치 있는 사람'이라는 말을 빌려 쓴 것으로 보입니다. 저도 부족하지만 말을 할 때 가장 많이 쓰는 말 중에 하나가 가치와 의미입니다.

    모든 인간은 날 때부터 존귀하고 가치가 있는 존재인데 어느 날 재화와 권력이 사람의 위치를 정하고 차별하여 부자와 권력이 많은 사람이 바라는 바가 되었고, 이를 갖게 되면 성공이라 불렀습니다. 저도 성공은 몇몇만이 누릴 수 있는 지위와 부를 가진 계층에 들어가는 것이라고 배웠고, 그렇게 알고 그런 사람이 되기 위한 삶을 따랐습니다. 내면이 병들어 가도 갖은 수단과 방법으로 출세하는 결과를 내면 된다고 생각하는 경향이 있었습니다. 공부가 좋아서 또는 직업이 가치가 있어서라기보다는 돈 잘 벌고 사회에서 인정받고 대접받을 수 있다는 것에 더 큰 비중을 두었습니다. 많은 사람들은 삶의 가치와 정의에 존경과 찬사를 보내는 대신 지위를 얻고 유지하는데 도움이 되는 사람에게 아부를 하며 살고 있습니다. 사회의 치부恥部는 인간을 목적으로 보지 않고 수단으로 여기며 이해관계로 얽혀있다는 것입니다. 가치와 의미보다는 세속적 출세와 성공을 추구하는 부끄러운 현실을 아인슈타인은 꿰뚫어 보고 있습니다. 원자폭탄을 개발한 오펜하이머도 세속적 성공과 가치 사이에서 갈등하고 방황했던 전형적 인물입니다. 저부터 많은 반성으로 내적 갈등을 극복하여 지금부터라도 가치 있는 사람이 되도록 노력하겠습니다.

여러분은 어떤 자세와 목표를 가지고 계신가요? 채우는 가치도 있지만 비우는 것이 더 가치 있을 때도 있습니다. 제가 불교에 관심을 가지며 배우게 된 것이 내려놓음과 비움입니다. 가진 것을 내려놓고 버린다는 것이 아깝고 두려울 수 있지만 내려놓음과 비움으로써 더 건강하고 행복할 수 있습니다. 단식斷食도 처음 할 때는 두렵고 힘들 수 있으나 비우고 나면 몸과 마음

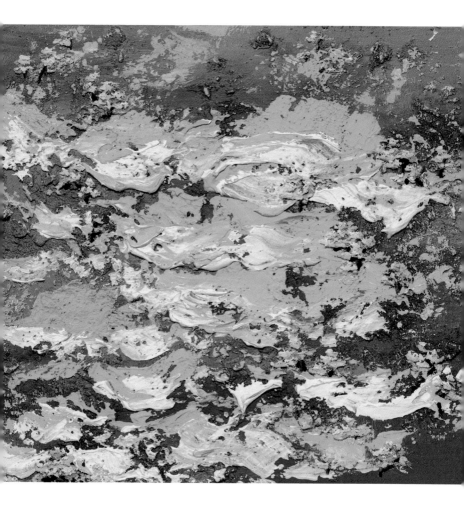

이진이 　**나의 바다에 황금비가 나리네(#2)** 　2022
Mixed media on canvas 　　　　53×45.5cm

이 얼마나 편한지 알게 됩니다. 성공에 얽매이기보다는 마음을
비우고, 가치 있는 삶을 생각해보는 하루 되었으면 합니다.

어려울 때 친구가
진정한 친구입니다

> 역경逆境은 누가 진정한 친구인지 가르쳐 준다.
> 로이스 맥마스터 부욜

어려울 때 친구가 진정한 친구라는 말이 있습니다. 성경의 돌아온 탕자의 비유처럼 처지가 좋을 때는 주위에 사람이 많으나 어렵거나 힘들 때는 다 떠나듯 인심이 무섭고 야박합니다. 역경에 처해 있을 때 정신적으로 물질적으로 위로와 도움을 주는 친구야말로 진짜 친구입니다.

저는 사귀는 친구는 적지만 오래, 그리고 깊게 사귀는 편입니다. 친구가 등을 돌리지 않는 한 제가 먼저 사사로운 이익을 위해 배반한 적은 없습니다. 제 속마음도 잘 드러내고, 상대의 이야기를 판단 없이 그대로 믿는 편입니다. 이것으로 인해 때로는 제 이야기를 전하는 사람이나 저를 쉽게 보는 사람들 때문에 상대에게 상처를 받기도 합니다. 평범한 상황에서도 사귀었다가 헤어지는 것이 다반사인데 힘든 상황에서 우정이 지속된다는 것은 진실한 관계가 아니고는 힘듭니다. 이해타산이 많은 세상에서 그것을 뛰어넘는 사귐이 있다면 보람이 큽니다.

어떠신가요? 저도 반성해봤습니다. 알게 모르게 사람을 사귐에 상대의 조건이나 지위를 따지지 않았는가를 살펴보았고, 사귀는 과정에서 친구가 어려움에 처한 것을 외면하고 무시하지는 않았는지 성찰했습니다. 친구가 저에게 어떻게 대해주길 바라기보다 제가 대접받고 싶은 방식으로 친구를 대해야겠다고 다짐해 봅니다.

이진이   **A Golden Forest**(#3, 달항아리)   2024

Mixed media on canvas   72.7×60.6cm

우리 모두는
학생인 동시에
스승입니다

> 우리 모두는 학생인 동시에 스승이다. 우리는 배울 필요가 있는 것
> 을 스스로에게 가르칠 때 최상의 능력을 발휘한다.
> 스펜서 존슨/콘스턴스 존슨

자기 뜻대로 살기 위해서 꼭 필요한 것이 삶의 방향을 결정
하는 목표가 가장 먼저 있어야 하고, 자신감과 내적 성찰이 필
요합니다. 「멘토」라는 책을 펴낸 두 존슨은 1분 목표, 1분 칭찬,
1분 성찰을 권하고 있는데, 자신의 성장을 위해 스스로에게 가
르치는 좋은 내용입니다. 스스로에게도 멘토가 될 수 있고, 자
기에게 하는 칭찬은 자신감을 주며, 성찰은 삶을 바르게 이끄
는 주춧돌이 됩니다.

막심 고리끼는 '목표를 추구하면 할수록 인간의 능력은 점
점 더 발전하고, 사회에 이로움을 준다.'고 했습니다. 목표는 삶
의 가치를 위해 세우는 것인데, 이 방향으로 가기 위해서는 자
기 격려와 칭찬을 통한 자신감이 꼭 필요하며 방향의 옳고 그

름에 대한 성찰이 필요합니다. 그러기에 다른 사람의 현명한 조언과 충고도 당연히 필요하지만, 스스로 목표를 설정하고 점검하며 추진하면서 반드시 성찰을 해야 합니다. 깨닫고 배울 필요가 있는 것을 스스로에게 가르치는 일이 무엇보다 필요합니다. 저도 스스로에게 얼마나 많은 시간을 투여해서 이러한 활동을 했는지 돌아봤습니다. 목표를 향한 가치 있고 의미 있는 존재로 성장하기 위해 스스로가 멘토가 되어야 함을 깨달았습니다. 이 때 필요한 것이 스스로의 성장을 위한 내려놓는 작업들이 필요하다고 생각합니다. 이것이 나 자신의 이익만을 위한 것이 아니라 우리 모두를 위한 것인지에 대한 성찰이 바로 이기심을 내려놓는 비움의 출발입니다.

여러분은 스스로에게 '너는 훌륭한 사람으로 성장하는 능력을 가지고 있다'고 격려하시는지요? 혹 다른 사람의 평판에 의해 좌우되지 않는지 스스로 물어보았으면 합니다. 그러기에 내려놓는 작업이 필요합니다. 학생은 성취를 위한 열망을 추구한다면 스승은 삶을 관조하며 내려놓는 작업을 통한 삶을 바르게 이끄는 안내자입니다. 자신이 스스로에게 학생이자 스승이라는 말을 새기며 살았으면 합니다.

이진이   **별나무 행진곡**   2022

Mixed media on canvas   116.8×91.0cm

어머니는 하늘로부터 받은
자녀에게 가장 훌륭한
선물입니다

> 자녀들에게는 어머니보다 더 훌륭한 하늘로부터 받은 선물은 없다.
> 에우리피데스

소포클레스와 이이스킬로스와 함께 아테네의 3대 비극悲劇 시인의 한 사람이었던 에우리피데스는 자녀에게 하늘이 주신 최고의 선물을 어머니라 하였습니다. 김초혜 시인의 말처럼 '하느님이 모든 자식을 다 돌볼 수 없어서 대신 자식을 보살피고 사랑하라고 주신 선물'이 어머니이겠지요. 어머니가 주신 깊고 끝없는 사랑은 아무리 강조해도 지나치지 않습니다. 어머니가 계시지 않았다면 오늘의 저도 없었을 것입니다. 어머니, 사랑합니다. 그리고 고맙습니다.

여러분도 어머님을 하늘이 주신 최고의 선물이라 생각하시지요?

CHAPTER 4

친구는
또 하나의
인생입니다

박정연

초대 개인전 5회와 다수의 단체전, 국내외 아트페어에 참여하였고 현재 프리랜서 갤러
리스트, 한국미술협회 광주광역시지부 회원

자연의 생명력을 표현하는 것으로부터 나의 작업은 시작된다. 거친 환경에서도 살아남
아 어김없이 꽃을 피우고 열매를 맺고 후손을 남기고 사라지는 자연의 이치이다. 나의
작품에서 삶과 죽음은 다르지 않으며 끝없이 이어지는 생명의 영속성, 희망, 열정을 담
고 있다. 나는 누구인가에 대한 사유, 정체성이 자연스럽게 드러나길 원한다. 치유와 화
해의 과정, 여정 속 얽히고설킨 사회의 관계성의 반복된 드로잉을 통해 내가 걸어온 삶
의 흔적들을 나타내고자 한다. 내면에 잠재된 상상력, 조화롭고 따뜻한 사고를 공유하기
위해 우리 주변에서 발견한 오브제들을 작품의 소재로 끌어들인다. 수많은 현대인 중 한
사람이기 때문에 같은 동시대를 살아가는 사람들과 이러한 주제를 통해 공감대를 형성
하고 그 속에서 함께 살고 있는 긍정의 힘으로 희망적 열정의 소통을 하고자 한다.

박정연	**Untitled**	2024
	Mixed media on canvas	45×53cm

풍요 속에서는 친구가 나를 알지만
역경 속에서는 내가
친구를 알게 됩니다

풍요 속에서는 친구들이 나를 알게 되고, 역경 속에서는 내가 친구를 알게 된다.
존 철튼 콜린스

친구에 대해서 많이들 말하지만 가장 현실로 다가오네요. 대개 지위나 부가 있을 때 친구가 많습니다. 이유가 많겠지만 풍요는 부러움의 대상이기도 하고, 질투를 일으키면서도 이용 가능한 수단이 되기도 하기에 주변에 정체불명의 친구들이 많이 있기 마련입니다. 그런데 풍요를 어떻게 나누느냐에 따라 친구들의 시선은 달라집니다. 올바르고 공정하며 따뜻한 배려가 있으면 친구들이 존중하고 따르며 부와 지위를 인정하고 함께 기뻐하지만 지배하고 업신여기며 함부로 하면 속으로 깔보고 욕합니다. '두고 보자'는 말을 수없이 할지도 모르지요.

자신의 풍요를 질투하며 이용하려고 했던 안팎이 다른 친구는 빼고, 진심으로 사랑하고 배려했던 친구라면 역경逆境에 처했을 때 기꺼이 공감하고 도우려 할 것입니다. 이때 진짜 친구를 발견합니다. 풍요가 사귐의 중요한 요소가 아니라 진정으로 존중하고 인정하는 마음이 근본이었기 때문입니다. 역경 속에서 자신을 돌아보게 되며 친구와의 인격적인 만남도 더 커질 수 있습니다.

사람을 사귀는데 무엇을 가장 소중하게 생각하시나요? 학벌, 지위, 재산, 사회적 영향력인가요? 그냥 곁에만 있어도 든든하고 아름다운 존재인가요? 친구에 대해 다시 생각해보고 저의 사귐은 어떠한가를 많이 반성해 보았습니다. 참다운 만남을 생각하는 하루 되었으면 좋겠습니다.

박정연   **As the water flows**   2023

Acrylic mixed media on canvas   45×53cm

친구는
또 하나의
인생입니다

> 친구를 갖는다는 것은 또 하나의 인생을 갖는 것이다.
> 발타자르 그라시안

'세상에서 가장 위대한 승리는 사람의 마음을 얻는 것'이라고 한 17세기 스페인의 철학자 발타자르 그라시안은 자기계발의 시조라고도 불립니다. 상대의 마음을 살펴 배려하는 것은 가장 가치 있고 소중한 일인데 그러지 못하는 경우가 많습니다. 저도 상대를 위하는 척하면서 제 마음을 먼저 살피고 보호하는 자기방어를 하는 때가 많았던 것 같습니다. 상대의 마음을 살피는 일은 많은 지혜와 내공이 필요합니다. 대부분은 '내 마음의 잣대'로 상대를 보기 때문이겠지요.

친구란 마음을 있는 그대로 볼 수 있는 가장 소중한 존재입니다. 자신의 결점도 보여주고 친구의 약점도 껴안아 줄 때 진정한 관계가 형성되며 서로의 마음을 꾸밈없이 볼 수 있습니다. 이때 순수한 상대의 마음을 통해 인생을 또 하나 얻는 것인데, 삶의 지평이 넓어진다는 것은 이를 두고 한 말입니다. 단순한 지식과 이해의 확장이 아닌 전혀 새로운 시각으로 상대의 마음으로 볼 수 있는 혜안을 가집니다. 친구와 어울리는 것은 축복입니다. '외톨이 현자賢者보다 어울리는 바보가 낫다'는 것도 이를 두고 하는 말입니다. 소통도 원만한 인간관계를 통한 타협을 할 줄 아는 지혜입니다. 자신의 소중함만큼 다른 존재의 소중함을 가질 수 있는 계기가 되기 때문입니다.

또 하나의 삶을 갖게 한 친구가 있으시나요? 혹 '변하면 안 된다', '나는 나일 뿐이다.'고 합리화하며 냉정하고 타협하지 않는 외골수로 살지는 않으신가요? 친구를 얻는 것은 새로운 세상과 또 다른 인생을 얻는 것입니다. 저에게도 그런 친구가 있는지 부끄럽게 물어봅니다.

| 박정연 | **Now&Here** | 2023 |
| | Acrylic on canvas | 30×30cm |

매일 아침, 매일 밤
즐겁고 행복한
주인공이 되십시오

> 매일 아침, 매일 밤, 태어나 비참하게 되는 자가 있고, 매일 아침,
> 매일 밤 태어나 즐거워지는 이가 있다.
> 윌리엄 블레이크

영국의 낭만주의 시인이자 화가인 블레이크는 살아가는 방식을 이렇게 두 가지로 나눕니다. 세상을 바라보는 관점이 중요한데, 흔히 상황이나 조건 또는 상대에게서 행복을 찾으려 하는데 어리석은 일입니다. 상대의 종이 아닌 이상 아무도 자신을 행복하게 또는 불행하게 할 수는 없고, 행복하고 불행하게 느끼는 것은 다 자신의 판단에 따른 것입니다. 자신이 긍정적이면 긍정의 세계가 열리고 부정적이면 부정의 세계가 열리겠지요. 자신의 마음을 들여다보는 일이 필요합니다.

나날이 보석처럼 귀함에도 불구하고 부정적 생각 때문에 힘들게 살 때가 많습니다. 저도 힘든 일을 겪을 때는 은총으로 넘쳐야 할 하루가 비참해지고 가슴이 빨리 뛰고 옥조이며 입맛이

떨어지고 소화가 안 되고 마음도 공허해져 힘들 때가 있습니다. 여전히 힘든 때도 있지만, 그것이 욕심 때문인 것을 알고 난 뒤 마음을 내려놓으면 조금은 부드러워졌습니다. 주어진 조건에 만족하지 못하고 더 많은 것을 원하는, 채우지 못한 욕심이 언제나 힘들게 합니다. 특히 자신이 어떻게 할 수 없는 상황을 받아들이는 것이 중요한데 거기에 붙들려있는 것은 스스로 마음을 지옥으로 만드는 것입니다. 삶을 잘 해석해야 지옥이 천국이 됩니다.

나날의 삶이 천국이신가요? 현실을 불평하며 부족한 것을 주로 생각하며 비교하지는 않으시나요? 또는 지금 여기에 머무르지 않고 과거나 미래에 사로잡혀있지는 않나요? 불행은 여기서 생기며 그곳이 지옥입니다. 마음의 욕심을 내려놓고 세상이 즐거운 터전이라고 생각하면 그곳이 바로 천국입니다. 매일 밤, 매일 아침을 행복하게 하는 주인공은 바로 당신입니다.

박정연 **Untitled** 2024

Mixed media on canvas 73×53cm

과거와 남의 탓으로
벗어나야
인생은 좋아집니다

> 과거의 탓, 남의 탓이라는 생각을 버릴 때 인생은 좋아진다.
> 웨인 다이어

　다이어는 행복한 이기주의자로 불리며 '내 인생에 변명은 없다'는 좌우명으로 불우한 어린 시절을 이겨내고 적극적으로 살며 30여 권의 책을 지은 영적 지도자로 불리는 심리학자입니다. 우연히도 이름이 같은 웨인주립대학교를 나온 그는, 70세에 백혈병에 걸리면서 '남을 위한 삶을 살아야 한다.'는 결정을 합니다. 그 후 변하는 육신에 얽매이지 말고 더 영적인 심오한 삶에 관심을 둘 것을 가르쳤습니다. 뿐만 아니라 '상처보다는 그것이 가져다주는 긍정적인 힘에 더 관심을 두라'고 합니다. 예수님의 인류를 위한 피 흘리심이 부활의 영광에 이르게 한 것처럼 상처와 트라우마보다는 긍정적 열매에 더 관심을 둘 것을 주장합니다.

모든 사람들은 크든 작든 시련과 갈등을 겪는데, 그것을 이겨내는 것은 내면에 있는 성스러움을 알고 깨움으로써 가능합니다. 대개는 되돌릴 수 없는 과거와 남을 탓하며 합리화와 변명을 통해 풀려고 합니다. 그것은 순간의 위안과 책임회피는될 수 있으나 문제를 올바로 해결하고, 의미가 있고 올바르게사는데 도움은 되지 않습니다. 과거의 문제는 오늘의 문제고,상대의 문제는 곧 자신의 문제임을 알아야 합니다. 모든 것을내려놓고 그대로 바라보면 모든 시련은 이겨내는 과정에 축복이 담겨있습니다. 욕심과 분노로 가득 찬 어리석은 사람은 그것을 보지 못하는 것입니다. 지혜로운 사람은 이것을 터득하여시련을 현명하게 극복하고 또 다른 삶의 선물을 얻습니다. 행복하게 살아가는 결정은 남이 아니라 스스로 한다는 사실을 다시 생각하게 합니다.

여러분은 닥친 문제를 과거나 다른 사람의 문제로 떠넘기신적은 없으신지요? 힘든 시기를 삶을 돌이켜보고 반성하며 전환을 위한 새로운 기회로 보지는 않으시나요? 저는 어려운 때는 그대로 받아들이며 반성과 성찰을 통해 모든 것을 내려놓고긍정적 요인을 찾아 새롭게 변화시키는 계기로 삼는 편입니다.제 장점인데요, 세상과 상대에 욕심과 기대가 많으면 실망이큰 법이니까요. 우리 모두 어려울 때는 자신을 들여다보는 지혜로 행복을 누리면 좋겠습니다.

박정연 **Now&Here** 2023

Mixed media on canvas 73×91cm

행복의 한쪽 문이 닫히면
행복의 다른 쪽 문이
열립니다

> 행복의 한쪽 문이 닫힐 때, 다른 한쪽 문은 열린다. 하지만 우리는
> 닫힌 문만 바라보느라 열린 다른 문은 못보곤 한다.
> 헬렌 켈러

    살아가면서 가장 많이 말하고 중요하게 여기는 것이 행복이면서도 '이렇게만 되면 행복할 텐데'라고 조건을 달며 행복하지 못한 경우가 많습니다. '호사다마好事多魔'라 하듯이 가장 행복하다고 느끼는 순간에 불행의 씨앗이 자라고, 가장 불행하다고 생각하는 순간에 행복의 싹이 트고 있습니다. 주역周易의 가르침도 같습니다. 더 넓은 눈으로 보면 헬렌 켈러의 행복의 문에 대한 말은 마음에 간직할 만합니다.

    행복에 대한 정의가 많지만 합의된 것은 없는데, 객관적인 잣대보다는 자기 마음의 잣대가 더 많이 작용하는 것은 분명합니다. 놓친 고기는 늘 큰 법이지만 지금 여기에는 없는 허상虛像입니다. 과거에 비해 훨씬 부유해졌고 더 편리해졌어도 여전

히 불행하다고 느끼는 것은 삶을 보는 눈이 여전히 상대적이고 비교를 많이 하기 때문입니다. 시기와 질투가 있고, 결핍에 더 많은 관심이 있고, 부족한 것은 수단과 방법을 가리지 않고 채우려 합니다. '완벽'이 세상의 말이 아님에도 좇으니 늘 부족을 느끼면서 여유가 없고, 바쁘고 쫓기듯 사니 행복을 음미吟味할 시간이 절대 부족합니다. 자신의 강점과 남의 강점을 보완해서 보며 조화를 통한 아름다움을 찾아가면 행복할 텐데 내 약점을 비롯하여 남의 약점도 비난하고 깎아내리니 행복과 평화가 어렵습니다. 하늘은 누구에게나 귀한 선물을 주었습니다. 그러나 그것을 알고 받기까지는 많은 시련과 좌절을 겪어야 하기에 행복의 문은 하나가 아니고 또 다른 문이 있다는 것이지요. 닫힌 문에 대한 미련을 털고 열린 문에 관심을 가져야 합니다.

지금 행복하신가요? 행복하시다면 비밀과 비법을 나누어 주세요. 제 행복의 비법은 자존감을 갖고 상대를 존중하며 '다르다는 것'을 이해하고 받아들이는 긍정적 눈입니다. 혹 행복하지 않다면 집착과 독선으로 세상을 보는데 있지 않을까요? 내려놓으면 행복의 문은 많습니다. 자신만의 생각에 빠지지 마시고 더 넓은 틀에서 조화롭고 아름답게 살아가는 행복을 누리시길 빕니다. 저부터 실천하겠습니다. 여러분이 계셔서 행복합니다.

박정연   **Untitled**   2024

Mixed media on canvas   45×53cm

가족은 지켜봐 주는
누군가가 있다는
의미입니다

> 가족家族의 의미는 그냥 단순한 사람이 아니라 지켜봐 주는 누군가
> 가 거기에 있다는 사실을 상대에게 알려주는 것이다.
> 미치 앨봄

　「모리와 함께 한 화요일」의 저자 앨봄. 베스트셀러 작가이자
스포츠전문기자, 유명한 방송인이었고, 디트로이트에서 명성
에 걸맞게 3개의 자선단체를 운영했습니다. 삶의 의미를 깨우
치는 좋은 칼럼을 쓴 그가 따뜻하게 가족을 말하고 있습니다.
가족은 존재 자체가 언제나 나의 편이 있다는 것을 보여줍니
다. 가족의 고마움을 새삼 느낍니다.

　제게 가족은 당연히 존재하는 것이고, 다소 함부로 해도 이
해받을 수 있다는 왜곡된 생각이 있었습니다. 다른 사람에게는
예쁘게 말하면서도 가족에게는 다소 거칠고 함부로 하는 경향
이 있었습니다. 친한 사람에게도 '가족처럼'이란 말을 쓰며 부
담 없이 대한 적이 있었습니다. 가족은 꼭 필요한 안식처이자

보호하고 보호받는 사랑의 터전임에도 너무 작위적으로 가볍게 여기지는 않았나를 돌아봅니다. 되돌아봄의 과정을 통해 가족은 서로를 지켜보면서 서로의 성장과 희망을 위해 기도하는 따뜻한 동반자임을 다시 생각했습니다. 가족들에게 감사와 사랑한다는 말을 꼭 전하고 싶습니다. 가족은 무조건 희생하고 도움을 받는 존재가 아니라 서로 따뜻하게 보살피고, 괴로울 때나 기쁠 때나 '있는 그 자체'가 든든한 울타리입니다.

여러분에게 가족은 어떤 의미신가요? 따뜻함을 주는 안식처이신가요? 아니면 그냥 막 대해도 되는 편한 존재들의 모임일 뿐인가요? 서로를 따뜻한 눈길로 감싸주는 평화로운 사랑과 존경의 가족이 되시기를 기도합니다.

박정연   **Another day another sun**   2023

Mixed media on canvas   73×91cm

순간을 사랑하면
그 에너지가 널리
퍼질 것입니다

> 순간을 사랑하라. 그러면 그 순간의 에너지가 모든 경계를 넘어 퍼
> 져나갈 것이다.
> 코리타 켄트

'한 순간도 가벼이 여기지 말라'는 성현의 말씀이 떠오릅니다. 삶이 유한하기에 내세를 준비하는 사람들은 더욱 많은 묵상이 필요합니다. 삶이 유한하니 현세를 가벼이 여기라는 뜻이 아니라 유한한 시간의 가치에 대해 많은 생각을 하고 올바른 선택을 하자는 것입니다. '이 또한 지나가리라'는 말을 있습니다. 이 말은 어떤 선택을 한 뒤 고통을 받는 사람들에게 주는 위로의 말이지, 자신의 안위와 고통의 회피를 위해 되풀이해야 하는 얄팍한 메시지는 아닙니다.

우리에게 주어진 삶은 어쩌면 내세를 위한 준비된 시간이기에 한순간도 가벼이 해서는 안 됩니다. 에너지는 모든 경계를 넘어 퍼져 나가기 때문입니다. 우리의 결정이 어떠한 방향으로

흘러가느냐는 '지금'의 행복하고 아름다운 '힘!'의 좌표입니다. 순간의 사랑과 용서가 내세來世에 대한 에너지가 되고 행복의 밑바탕이 됩니다. 지금 사랑이 넘치게 살 때 업보는 소멸되고 천국의 문은 열립니다. 내세는 우리의 믿음 안에 있고, 그 믿음의 문이 열리게 하는 것은 매 순간의 사랑입니다. 잠시의 수난과 좌절, 무멸감 등은 악마의 순간적 유혹이며, 용서와 사랑으로 힘찬 에너지를 펼칠 때 평화와 행복의 천국이 얼릴 것입니다. '현재를 즐기라.'는 말과 '죽음을 생각하라.'는 말은 삶과 죽음을 이끄는 쌍두마차입니다. 잘살지 못하고 있는 저도 각성하며 매 순간을 사랑하고 미워하는 사람을 용서하는 사람으로 거듭나겠습니다.

여러분은 순간을 사랑으로 채우시나요? 증오와 미움의 에너지는 우리를 꽁꽁 묶어 업보로 받고 고행을 반복하거나 지옥에 가둡니다. 매 순간을 귀하게 여기며 사랑의 에너지로 채워 온갖 경계를 무너뜨리는 행복한 삶을 살아보실까요.

CHAPTER 5

아름다운 노년은
자신이 만든
작품입니다

김루카

아티스트 김루카는 구속되고 분류되는 세계에서 유동성과 무한한 확장의 기로에 서 있습니다. 그는 생명이 액체와 마찬가지로 두려움 없이 살아야 한다고 열정적으로 믿고 있으며 끊임없이 새로운 길과 공간을 찾아 흘러야 한다 생각합니다. 기술의 발전에 의해 천천히 상실되어 가는 인간의 마음에 대하여 유기체와 기계의 결합인 사이보그와 디스토피아적인 미래를 표현하며 시대의 흐름에 대한 안타까운 마음과 동시에 새로운 방향과 희망에 대하여 이야기합니다. 3D 프린팅에서 단조 금속에 이르기까지, 아티스트 김루카는 다양한 매체와 함께 작업하여 역동성과 울림을 주는 작품을 제작하고 관객들이 자신의 독특한 출발점과 여정을 받아들이도록 독려합니다. 그의 예술은 용기와 탄력성으로 누구나 성장과 개인적 확장의 길을 개척할 수 있다고 주장합니다. 각각의 작품은 사람들이 한계에서 벗어나 유동적이고 지속적인 자기재창조의 철학을 받아들이도록 초대하는 변형의 이야기를 들려줍니다. – Siri Jung

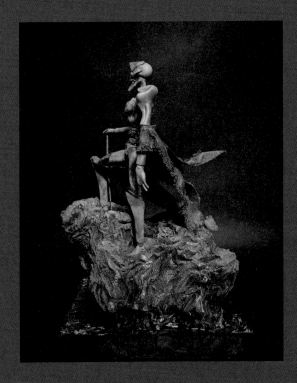

김루카	**Baudouin IV**	2023
	Resin	37×26×18cm

아름다운 노년은
자신이 만든
작품입니다

> 아름다운 젊음은 내가 받은 우연이지만,
> 아름다운 노년은 내가 만든 작품이다.
> 엘레노어 루스벨트

'인생 잘 마무리해야겠다.'는 생각이 들게 하는 말입니다. 젊은 시절의 아름다움은 부모 잘 만난 행운이 많이 작용합니다. 반듯한 이목구비耳目口鼻는 자신이 선택하지 않은 잘생긴 부모님을 만난 우연한 행운의 결과입니다. 그러나 나이가 들어 아름다움을 드러내는 것은 얼마나 잘 사느냐에 있습니다. 잘 늙어간다는 것은 피부미용에 한정되지 않고, 맑은 영혼과 아름다운 마음이 나이 들어감의 매력이 아닐까 생각해봅니다. 주름을 펴고 성형시술로 외모를 예쁘게 해도 황폐해진 내면은 고칠 수도 없고 오히려 더 비참한 나락으로 떨어질 수 있습니다. 자애로운 마음이 잔잔한 미소로 드러나며 보이는 주름은 늙어도 자연스러운 아름다움을 보여줍니다. 이는 오랜 삶이 만들어 준 작품인 것입니다.

　제가 부모님으로부터 물려받은 아름다운 외모와 마음이 주어진 축복이라면 나이 들어감에 따라 그 외면적 아름다움을 포함하여 내면적 아름다움도 잘 유지하고 바르게 가꿔가고 있는지 반성해 보았습니다. 제 삶이 '스스로 나는 잘 살았어, 이만하면 괜찮아.'라고 평가할 수 있어야 하며 다른 사람들에게는 '아름답게 늙으셨네요, 잘 사셨네요.' '닮고 싶어요.'라는 평가를 받아야 하겠지요? '어른이 된다.'는 것도 '몸과 마음과 영혼을 아름답게 가꿔가야 한다.'는 뜻이겠지요? 부끄럽지만, 이제부터라도 저를 '아름다운 작품'으로 만들어 가야겠습니다.

　여러분은 물려받은 몸과 마음과 영혼을 잘 유지하고 가꾸고 계신가요? 지나간 일은 후회 말고 지금부터라도 아름답게 나이 드는 것이 중요한 것을 알고 '좋은 작품(?)'을 만들어 보실까요?

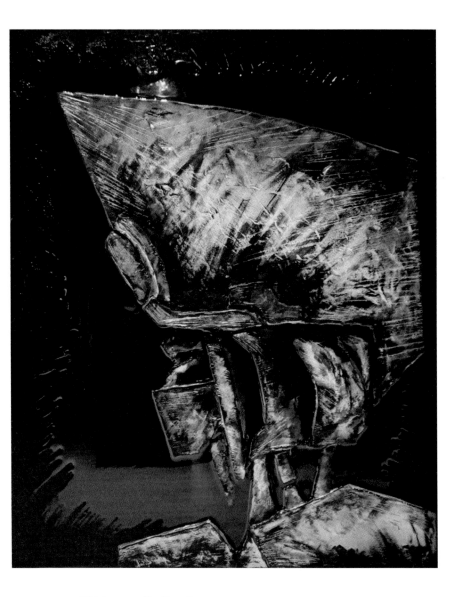

김루카   **NewType_Caesar**   2023

Resin on canvas   73×61cm

우리의 진정한 가치는
자기 스스로가 매기는
값에 달려있습니다

> 우리의 진정한 가치는 자신에게 매기는 값에 달려 있습니다. 자신
> 의 가치는 남들의 평가에서 출발하는 것은 아닙니다.
> 탄줴잉

   자아존중감으로 표현되는 자기가치에 대한 평가는 아무리 강조해도 지나치지 않습니다. 그러나 실제로는 남의 눈치나 평가에 따라 사는 사람이 많지요. 자신감이 부족해 소신대로 살지 못하고 심하면 남의 종처럼 사는 경우도 있습니다. 제가 드리고 싶은 말씀은 마음대로 자기 기준으로만 살라는 뜻은 아닙니다. 양심에 비추어 부끄럽지 않은 방식이라면 '자기 자신에 대한 가치로운 선택과 평가에 당당하라.'는 것입니다.

   스스로를 소중히 여기는 삶이야말로 당당한 것이고 다른 사람과 다르다는 것을 아름답게 천명하는 것입니다. 눈치를 보고 허례허식에 집착하는 사람은 자아가 없는 것입니다. 소크라테스의 '너 자신을 알라'는 말은 무지한 자신을 깨달으라는 말도

되겠지만, 스스로를 너무 모르는 사람들에 대한 경고일 수도 있습니다. 스스로에 대해 진정으로 생각해본 적이 있는지 묻는 시간이 되었으면 좋겠습니다. 저도 저 자신에 대한 성찰이 다시 필요함을 느꼈습니다. 생각해보니 세상의 잣대에 맞추어 일을 얼버무린 적도 많았던 것 같습니다. 자신을 들여다보는 시간이 필요합니다. 올바르고 당당하게 자기 개성과 주장을 펼 수 있어야 비로소 청춘이 시작되고 꽃이 피는 아름다움이 실현됩니다. 자신의 가치를 당당하게 주장하고 펼치며 살았으면 좋겠습니다.

　여러분은 스스로를 어떻게 평가하시나요? '나 이만 하면 괜찮아'라고 하며 당당하신가요? 뭔가 부끄럽고 수줍어 다른 사람의 눈치를 보거나 평가에 민감하신가요? 우리는 누구에게 소유되거나 부림당하는 노예가 아닙니다. 스스로 당당하지 않은 데 누가 우리를 소중히 여겨줄까요? 자등명自燈明의 삶이 필요합니다. '나는 신성한 존재이며 이 세상에 꼭 필요하고 소중한 존재다!'라고 외치며 자신 있게 살아가 보실까요?

김루카　　**Way of New Era 7**　　2023

　　　　　　Resin on canvas　　　　91×73cm

선물의 진정한 의미는
자신의 마음을 담아 주고
주었던 것을 잊어버리는 것입니다

> 선물의 진정한 의미는 주는 사람이 자신의 마음을 담아 주고, 그다
> 음에 완전히 잊어버리는 것입니다.
> 탄줘잉

칸트의 '최고 선'과 간디의 '보상을 바라지 않는 봉사'가 떠
오릅니다. 관계를 흔히 주고받는 관계라고 하는데, 옳은 말입
니다. 은혜를 받으면 돌려주어야 사람답다 할 수 있겠지요. 그
러나 주면서 돌려받을 것을 생각하는 것은 자신을 얽어매는 일
입니다. '내가 너한테 얼마나 잘해 줬는데 나한테 이럴 수가 있
어'라고 흔히 말합니다. 자신이 베푼 행동에 대해 보상받고 싶
다는 기대를 가졌기에 나오는 말이지요. 다른 의견을 가지고
자신을 따르지 않으면 배신이라 생각합니다. 심지어 정당하지
않은 일까지도 의리 운운하며 강요합니다. 진실한 마음을 담은
선물은 과거를 보상하거나 미래를 위해 상대에게 저축하는 것
이 아니라 최선의 마음을 담아 조건이 없이 주어야 합니다. 어

려운 일이지요. 저도 베풀면서 뭔가를 기대한 적이 많았으니까요. 그런데 기대가 클수록 실망도 컸고 제 행복을 좀먹었습니다. '현재를 즐겨라'는 말이 떠오르네요. 즐거운 마음으로 아무것도 바라지 않는 아름다운 선물을 주고받았으면 합니다.

명절이나 기념일이면 의무감과 하지 않으면 불리함이 올 거라는 불편한 마음, 아니면 자신의 욕구를 채우려고 선물을 하지는 않으신가요? 선물은 주고도 언제 어디서 주었는지도 모르게 잊어버려야 더 아름답지 않을까요? 마음을 쓰는 선물도 마찬가지입니다. '너를 위해 얼마나 치성하고 기도했는데'라는 서운함이 드신 적은 없었는지요? 상대방을 위한 기도와 마음의 선물에 조건과 대가를 바라는 일 만큼 자신을 때로는 비참하고 천하게 만드는 일이 없습니다. 그냥 주고 싶을 때 기쁘게 치성과 기도와 마음을 주십시오.

김루카   **Resurge Icarus2**   2023

Resin   27×27×16cm

상대의 평가에
당당하게
대답하십시오

> 그들이 당신을 뭐라고 부르는가는 중요하지 않다. 문제는 당신이
> 그들에게 뭐라고 대답하는가이다.
> W. C 필즈

코미디의 천재라 불리는 미국의 영화배우 필즈의 말이 떠오른 것은 제 삶을 정리하는 데 도움을 주기 때문입니다. 저를 비롯해 많은 사람들은 다른 사람의 평가에 기대를 하고 의존하며 살아가는 경향이 있습니다. 평가로 인해 상대의 눈치도 보고 때로는 비위를 맞추며 삽니다. 제 경험으로는 자신에 대한 다른 사람의 평가보다는 스스로를 얼마나 소중하게 여기고 존중하느냐를 먼저 묻는 것이 더 중요합니다.

다른 사람의 평가에 민감한 이유는 자존감과 자신감이 낮기 때문입니다. 다른 사람의 평가에 지나치게 일희일비一喜一悲하는 것도 열등감인 경우가 많습니다. 저도 다른 사람의 평가에 예민하게 반응할 때가 있었는데 자신감이 없거나 제 아킬레스

건을 건드렸을 때입니다. 그렇지 않을 경우에는 저에 대한 심한 비난과 평판조차도 '나는 그렇지 않는데'라고 쉽게 넘어가거나 무시해버립니다. 잘사는 삶은 상대가 뭐라고 부르거나 평가하는 것이 중요한 것이 아니라 스스로 어떻게 사느냐에 달렸습니다. 건강하게 다른 사람의 평가와 비판을 수용하고 때로는 무시하고 적절히 대응하는 능력을 가지는 것이 중요합니다. 평가에 얽매이지 않고 자신감 있게 대응하는 당당한 제 모습을 생각해 봅니다.

어떠신가요? 다른 사람의 평판에 민감하신가요? 아니면 스스로 소중한 존재라 여기며 사실을 비틀어 비난하는 상대를 불쌍히 여기시나요? 우리는 어떤 건강치 못한 사람의 말에 좌우될 정도로 쓸모없는 존재가 아닙니다. 사람마다 생각과 느낌이 다르기에 평가는 다를 수 있지만 더 중요한 것은 자신을 소중히 여기며 평가에 건강하게 반응하는 것입니다. "나는 나다!"라고 외치며 파이팅 해보실까요?

김루카   **활불**   2023

Resin   45×25×25cm

자신이 가진 것에
만족하는 것이
진정한 부자입니다

아무리 돈이 많아도 바지 두 벌을 입지는 않는다.
찰스 F 피니

　35년 동안 이름도 없이 약 9조를 기부한, 면세체인점을 운영하는 미국 갑부인 피니의 말은 '하룻밤에 두 집에서 잘 수 없다.'고 한 간디의 말씀을 떠올리게 합니다. 그가 지금도 샌프란시스코의 임대아파트에서 산다는 사실이 저를 더 부끄럽게 합니다.

　보통 사람들은 자신이 가진 것에 만족하지 않으면 늘 부족하다고 불평하며 삽니다. 옛날보다 물질이 너무 풍부함에도 불구하고 여전히 사람들은 만족하지 못하고 불평불만이 넘칩니다. 왜냐하면, 만족을 자신의 내면에서 구하는 것이 아니라 비교를 통해 얻으려고 하기 때문입니다. 살아가는 목적과 가치가 다 다름에도 불구하고 어느 순간 물질적 소유로 통일시켜 보는 천민자본주의의 노예가 되어버렸습니다. 저 자신부터 부끄럽습니다. 제가 가고자 하는 가치를 다시 들여다보겠습니다. 나누면서 행복을 찾는 피니의 삶은 귀감龜鑑입니다. 물질의 노예가 아니라 제대로 나눌 줄 알기 때문입니다. 물질적 욕심이 올라오면 피니를 떠올리며 반성하겠습니다.

무엇을 위해 돈을 버시나요? 가진 부富에 만족하시나요? 쌓은 부로 무엇을 하려고 하시나요? 잠시 멈춰서 삶을 한 박자 늦추면서 삶의 가치와 의미를 생각하고 만족하며 행복한 내일을 가꿔가 보실까요?

김루카   **천국의 열쇠**   2023

Resin on canvas   61×46cm

작은 것에
감사하십시오

> 작은 것에 감사하지 않은 자는 큰 것에도 감사하지 않는다.
> 에스토니아 격언

작은 것들의 힘은 아무리 강조해도 지나치지 않습니다. 우리가 무시하는 것들이 진짜 필요한 것들입니다. 한 모금의 물과 한 조각의 빵은 생명을 살리고, 한마디의 감사와 한순간의 인정, 미소로 답하는 공감과 잔잔한 사랑의 표현이 삶의 의미를 더해 줍니다. '큰 행복'이 따로 있는 것이 아니라 매일 작은 것에 감사하면 행복이 가득합니다.

저도 한때는 속물처럼 계산을 하며 제가 베푼 것에 대해 상대의 부나 지위에 비추어 봤고, 거기에 따르지 못하면 상대의 마음을 무시하며 쪼잔하다고 경멸까지 했습니다. 싸가지 없는 나쁜 놈이지요. 잇속으로 마음을 쓴 것입니다. 어느 날 곰곰이 생각하니 상대에 대한 기대가 저를 자유롭지 못하게 했습니다. 아무도 저를 기쁘게, 행복하게 할 수 없는데도 상대의 반응에 묶여있었습니다. 그들에게 사랑을 베푼 것이 아니라 거래去來를 하고 있었으니 당연히 상대가 베푼 것에 감사할 리가 없지요. 심지어 상대방의 큰 베풂에도 감사하지 않으며 기대와 욕심의 김칫국을 마셔댔으니 행복할 수 없지요. '매사에 감사하라'는 구절이 떠오르며 아침에 일어나 숨 쉬고 물 한 잔 마실 수 있고, 살아있다는 것에 감사함을 느끼니 어느 순간 모든 사람에게 감사했습니다. 욕심을 버리고 마음을 내려놓으니 이렇게 행복합니다. 지금도 가끔 욕심이 저를 망가뜨리기도 하지만 시련과 어려움에도 감사할 수 있는 용기를 내며 행복을 망가뜨리지 않도록 노력하고 있습니다. 기대와 욕심이 저를 불행으로 이끌었다면 작은 것에 감사하는 마음이 생기면서부터는 매사 행복합니다.

작은 것에 감사하는 마음이 있으신가요? 행복은 작은 곳에서 꽃핍니다. 큰 기대와 욕심의 노예가 되지 말고, 살아있는 동안 매사에 감사하며 사는 지혜를 가꿔보실까요?

김루카   **죽은 영혼의 탄생(The Birth of a dead soul)**   2023

Resin   44×26×23cm

가슴 떨리는 사명을
마음으로 직시하고
실천하십시오

> 첫째, 남보다 많이 가졌다는 것은 축복이 아니라 사명이다.
> 둘째, 남보다 아파하는 것이 있다면 그것은 고통이 아니라 사명이다.
> 셋째, 남보다 설레는 꿈이 있다면 그것은 망상이 아니라 사명이다.
> 넷째, 남보다 부담되는 어떤 것이 있다면 그것은 사명이다.
> 오프라 윈프리

윈프리의 사명을 보며 저의 사명을 다짐해 보았습니다. 주어진 여건이 좋든 좋지 않든지 사람의 성장에는 어떤 사명을 느끼며 새로운 기회로 삼아 실천하는 아름다움이 있어야 합니다. 세상에 태어난 책무를 알고 행동으로 옮기는 일이야말로 가치가 있습니다. 축복을 겸손으로, 고통을 새로운 성장통으로 여긴 윈프리야말로 존경받아 마땅한 인물임을 새삼 알았습니다.

많이 가진 자들은 가진 것을 은근히 과시하고 뽐내는데 그치지 말고 부를 사회에 돌려주고 정의롭게 나누는 것이 올바른 사명일 것입니다. 살면서 많이 아파하는 것은 연민과 예민한 감수성 때문이기에 그 아파하는 마음을 통해 세상을 구원하는 사명이 생길 것입니다. 남보다 설레는 꿈이 있다는 것은 가치와 의미를 찾아가는 열정이 있기 때문입니다. 그것은 헛된 생각이 아니라 가슴을 뛰게 하는 추진력이 되어 세상을 아름답게 만들고 가꾸는 힘이 될 것입니다. 남보다 더 많은 부담을 갖고 해야 할 일이 많은 것은 뛰어난 재주와 능력을 세상에 즐겁게 펼쳐가야 합니다. 사명이 있는 삶은 행복합니다. 그 자체가 세상에 존재하는 의미이니까요.

부담이 되지만 설레는, 문화예술이 함께하는 생명공동체를 이루고 싶은 제 꿈은 생각만 해도 가슴을 뛰게 합니다. 여러분의 사명은 무엇인가요? 오늘 하루 여러분의 사명을 다시 한 번 생각하고 다짐하며 행복한 꿈을 꾸셨으면 합니다.

CHAPTER 6

인연은 받아들이고
집착은 놓으십시오

오지윤

오지윤 작가는 2024 베니스 비엔날레(4/18-11/24) 해외공식관의 초대작가로 참여한다. 작년 로마 아트 엑스포에 초대 전시 중에 베니스 비엔날레 큐레이터 Natalia Gryniuk의 눈에 띄어 초청을 받았다. 이 프로젝트는 Shilpakala Academy 총책임자인 Liaquat Ali Lucky 커미셔너의 감독하에 Viviana Vannucci가 큐레이팅한다.

바다 위, 바다 아래 그리고 인연에 따라 소리도 빛깔도 다 다르다. 작품은 바다의 생동감을 표현하며, 여러 겹의 부조물과 중첩을 통해 인간 삶의 부조리함에 대한 성찰을 담아냈다. 직선과 곡선의 부조는 수년 전 사찰 초대전을 통하여 새벽녘 어린 동자의 마당을 쓰는 싸릿 빗자루 자국에서 영감을 받았다. 작가의 내면에는 부조리한 인간 삶에 대한 동정심과 번민 녹아 있으며, 순금, 다이아, 진주 가루 등을 재료로 작업하는 것은 작가 내면의 환희의 욕망이며 번민의 저항이다.

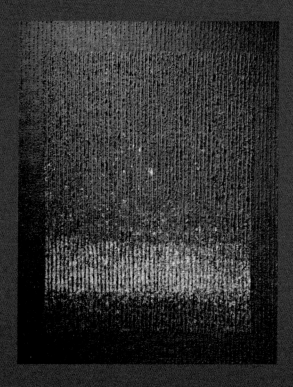

오지윤	해가 지지 않는 바다	2022
	Acrylic on canvas(24Kgold, pearl)	162×130cm

인연은 받아들이고
집착은 놓으십시오

> 인연은 받아들이고 집착은 놓아라.
> 법정

스님이 가신지 상당한 시간이 지났지만, 남긴 말씀은 늘 귀에 아른거립니다. 천주교인이지만 무소유의 삶을 몸소 실천하신 스님을 존경합니다. 스님의 삶처럼 살기가 어렵기 때문에 그 간절함이 더 마음에 남아있습니다. 우연한 도제스님과의 인연으로 많은 사찰도 방문하고 큰스님들의 법문을 접할 기회를 가졌는데 무엇이 올바른 삶인지 미력하나마 불교를 통해 배웠습니다. 살아가면서 수많은 인연이 있지만 그 인연을 받아들이는 것도 쉽지 않습니다. 인간은 인연의 이해관계를 따지기 때문입니다. 자신에게 도움이 되지 않는 것은 부정하고 도움이 되는 것에만 집착하기 때문입니다. 또한 자신에게 이익과 도움이 되고, 좋고 유리한 것을 내려놓는다는 것이 쉽지 않은 것입니다. 그러나 인연의 관계도 악연이라도 자신이 지은 업보와 관계된다면 받아들어야 한다는 것을 알았습니다.

　법정 스님의 '무소유'에 대한 말씀을 다들 좋아하는데 실천은 참 어렵습니다. 모든 사람과 대상을 인연因緣법에 따라 '스쳐 지나가는 것'으로 보는 것이 어렵기 때문입니다. 자신에게 도움이 되면 가지고 싶기 때문에 탐욕과 집착이 생깁니다. 여기까지가 인간적인 욕망인데, 욕망은 개인의 자원에 머무르지 않고 관계의 문제를 낳아 나눔과 배려가 아닌 대립과 투쟁의 관계가 됩니다. 소유에의 집착은 인간의 마음을 사탄이 지배하게 하지만, 부귀와 영화뿐만 아니라 가난과 시련도 스쳐 지나가는 인연으로 생각하면 마음에 평화가 오고 부질없는 집착에서 벗어납니다. 제 경험으로도 욕심을 내려놓을 때 비로소 평화와 기쁨이 넘쳤습니다. 매사에 내려놓는 연습이 필요합니다.

　오늘 쉽지 않은 이야기를 하며 제 자신이 부끄럽습니다. 제가 실천하지 못하는 말을 하고 있기 때문입니다. 그러나 저의 탐욕과 집착을 들여다보고 알아차림하는 것이 제 삶을 변화시키는 바탕이 된다고 봅니다. 부끄러운 하루지만 인연법을 간직하며 탐욕과 집착에서 벗어나야 한다고 다짐하는 저의 존재에 감사하는 하루를 보내겠습니다. 여러분도 저와의 인연에 감사하는 기쁜 날 되세요!

오지윤   **해가 지지 않는 바다**   2021

Acrylic on canvas(24Kgold, pearl)   112×112cm

진정한 행복은
자신의 삶을 즐기고
친구와의 우정과 대화에서
옵니다

> 진정한 행복은 잘 드러나지 않으며, 화려함과 소란을 적대시한다. 진정한 행복은 처음에는 자신의 삶을 즐기는데서, 다음에는 몇몇 선택된 친구와의 우정과 대화에서 온다.
>
> 조지프 애디슨 Joseph Addison

영국 문학단체인 키트캣 클럽의 회원으로 시인이자 수필가였으며 휘그당원으로 정치활동을 한 애디슨의 말은 제 삶을 잔잔하게 돌아보게 하고 행복이 무엇인가를 생각하게 합니다. 한때 저도 행복하기 위해서는 자랑할 수 있는 뭔가를 이루고 나타내 보이는 것이라고 생각했습니다. 어쩌면 내면이 허전한 것을 감추며 드러내는 천박함이었는지도 모릅니다. 진정한 행복은 내적인 충족에 만족하고 감사하며 화려함과 소란을 부끄러워하며 적대시하는 것입니다. 자신과 주변을 자랑하는 것은 내적인 빈곤을 보여주는 것입니다. 벼가 익을수록 고개를 숙이듯이 진정 행복한 사람은 여유롭고 너그럽고 겸손하여 미소와 평화로움이 넘칩니다.

행복은 자신이 원하는 것을 찾고 즐기는 것입니다. 보여주기 식의 폼생폼사가 아니라 자신이 얼마나 소중한가를 깨닫고 소박하더라도 스스로에게 가치 있는 일을 즐기는 것입니다. 그래야 허전함이 없습니다. 작가나 예술가가 대중에 함몰陷沒되어 자신의 세계를 잃어버린 공허함에 시달리는 것과 같은 어리석음을 범하지 말아야 합니다. 사람은 상품으로, 자본으로, 가치를 매길 수 없는 존재임을 아는 것이 자존감에 바탕을 둔 행복의 출발입니다. 또한 관계 맺은 사람들에 대한 인연을 소중히 여기고 상대방을 존중하고 진솔한 소통이 뒤따라야 합니다. 사람들은 대상에 대한 인식과 관점이 다를 수밖에 없기에 자신의 입장도 중요하지만 다른 존재의 관점도 소중합니다. 그러기에 대화와 소통이 필요하고 거기에서 우정과 동지애가 싹틉니다. 세상에 나와 다르지만 대화할 수 있는 존재가 있다는 것은 행복입니다. 상대의 지위, 나이, 지식, 부, 성별과는 아무 관계가 없이 서로 알아주고 배려하고 받아들이면서 대화하는 상호존중만이 필요합니다. 조건과 상관없이 '그와는 친구 할 만하다.'는 사람이 몇이 있으면 행복할 것입니다.

행복이란 어떤 것이라 보시나요? 서로를 존중하며 포근함을 나눌 수 있는 친구가 몇 명 있으면 좋으시겠지요? 여러 유혹 때문에 쉽지는 않지만, 자신을 존중하여 분수를 지키고, 현재에 감사하며, 상대와 소중히 대화하며 소통하는 행복을 누려보실까요?

오지윤 **해가 지지 않는 바다** 2023

Mixed media on canvas(24Kgold, pearl) 117×91cm

친구는 기쁨을 두 배로
슬픔을 절반으로
해줍니다

> 친구는 나의 기쁨을 두 배로, 슬픔을 절반으로 해준다.
> 키케로

믿을 만한 친구가 있다는 사실만으로도 행복합니다. 친구는 삶의 가치를 높이는 멋진 동반자이기 때문입니다. '누가 나와 같이 함께 울어줄 사람 있나요.'라는 '동행'의 노래 구절이 생각납니다. 슬프고 힘들 때 어깨를 두드리며 같이 마음을 나눌 수 있는 친구가 있다는 사실만으로도 세상은 살만한 가치가 있다는 생각이 듭니다.

친구를 위해 죽음을 대신할 수 있을 정도의 믿음을 실천한 우정의 이야기와 많은 나이 차이에도 '가형은 친구라 할 수 있다'고 한 공자의 말씀이 떠오릅니다. 흔히 나이가 비슷하거나 같은 일을 하거나 같은 학교를 나왔거나 취미가 같거나 동업자적인 관계이면 '친구 하자'고 쉽게 말하는 경향이 있습니다. 쉽게 친해지는 것이 당연하지만 의례적인 속성을 갖고 있어서 쉽게 형성된 우정이 이해관계 때문에 깨지는 경우가 종종 있습니다. 어쩌면 친구는 겉으로 피상적으로 정의되는 개념이 아니라 그 이상의 것을 안고 있을 것입니다. 친구란 그 자체로 안식처이기도 하고 영혼의 교감과 진실의 문과 같은 신비적인 요소들이 포함되어야 어렴풋이 잡히는 그 무엇입니다. 그러기에 친구는 함부로 쓸 수 없는 말이고, 자신이 먼저 상대의 친구가 될 만한가에 대한 확신과 믿음이 앞서야 합니다.

여러분은 진정한 친구가 있는지요? 친구가 있다는 자체가 축복이지만 먼저 저는 제가 상대에게 진정한 친구가 될 수 있는지를 생각해봤습니다. 얄팍하게 친구를 사귀고 있는 것은 아닌지 반성하고, 사귀는데 많은 조건을 두지 않았는지도 돌아보았습니다. 적어도 제 이익과 즐거움과 행복을 위해 친구를 이용하는 사람은 되지 않겠습니다. 먼저 친구에게 제가 두 배의 기쁨이 되고 슬픔을 덜어주는 존재가 되어야겠습니다.

오지윤 　**생명의 바다** 　　　　　　　　　　2023

Mixed media on canvas(24Kgold,pearl) 　　190×98cm

삶을
아이의 순수한 마음으로
살아갑시다

> 삶에서 가장 순수했던 어린아이 시절로 돌아가라.
> 나단 사와야

　루소의 '자연으로 돌아가라'는 말이 생각납니다. 자연은 온전히 선이고 그 질서를 따르는 것이 옳다는 말입니다. 모든 힘이 어른에게 집중되어 있기 때문에 어른의 기준에서 아이를 바라보는 것은 잘못된 눈높이입니다. 맑고 순수한 어린 시절로 돌아가야 합니다. 성장에도 질서가 있듯이 아이들의 성장단계를 존중해야 합니다.

　레고 예술가로서 흥미를 중심에 두고 창의적인 레고 작품을 만들고 즐기는 나단 사와야가 부럽습니다. 아이의 순수한 마음으로 평생을 살아간다면 더할 나위 없이 행복할 것인데 나이가 먹어갈수록 안팎이 다른 이중성으로 순수함을 잃어가는 저의 현실이 부끄럽습니다. 제 어린 시절은 부모님과 주위 사람들의 사랑을 듬뿍 받아 행복했습니다. 자기중심적인 생각이나 감성을 가졌지만, 천진난만해서 거짓말을 하며 숨기거나 비틀지 않는 태도로 지내는 아름다운 시절이었습니다. 지금처럼 꾸며낸 웃음과 '~하는 척'하는 거짓의 세계에 살지 않는 행복을 누렸습니다. 몸은 늙어가도 마음은 어려지는 주문을 외우고 싶습니다. 아름다운 꿈은 제가 만들어 가는 영혼의 해맑음입니다.

　오늘 저는 점점 순수함에서 멀어지고 속물이 되어 포장하는 삶으로 떨어져가는 제 영혼을 다시 돌아보았습니다. 속이 없다고 비난받을지라도 어린 시절의 때 묻지 않는 순수함으로 해맑게 살고 싶습니다. 마음의 욕심을 내려놓고 세상의 오염에 물들지 않고 살고 싶습니다. 오늘도 내려놓는 연습으로 행복하고 아름답게 사세요!

오지윤　　　**해가 지지 않는 바다**　　　　2021

　　　　　Acrylic on canvas(24Kgold, pearl)　　91×91cm

오늘이 생의
마지막 날인 것처럼
사세요

하루하루를 생의 마지막 날처럼 산다면 당신은 옳게 살 것이다.
스티브 잡스

잡스도 짧은 생을 치열하게 살았던 사람으로 기억됩니다. 췌장암으로 죽음의 문턱을 넘으면서 시간의 소중함을 새삼 깨달았을 겁니다. 스티브 잡스가 한 말을 읽으면서 니체의 영원회귀설이 문득 떠올랐습니다. '생의 마지막 날처럼 살라'는 것은 한순간도 낭비하지 말고 가치 있게 보내라는 메시지입니다. 영원회귀의 개념도 인생 목표를 절체절명의 지금 이 순간에 두면서 어떻게 살아야 하는지를 생각하게 합니다. 지금 이 순간이 가치 있고 행복하다면 그 시간은 영원할 것이기 때문입니다. 불교에서 전생이 현생에 영향을 미치듯이 현재의 삶은 미래의 환생 즉 윤회에 영향을 줄 것이기에 선업을 짓는 것은 중요합니다. 또한 기독교적 관점에서 보면 하늘나라가 바르게 산 그들의 것이기 때문입니다.

　지금 이 시간을 헛되이 하지 않고 최고 행복한 시간으로 만든다면 옳은 삶이고 초인超人이 되는 것입니다. 저를 비롯한 많은 사람들은 남아있는 시간이 무한한 것처럼 착각하고 허비하며 쓸데없는 걱정과 욕심을 부리며 삽니다. 남을 원망하고 비난하며 힘겨운 시간을 보내기도 합니다. 오늘이 마지막이 아니더라도 영원회귀설은 이런 삶이 반복되는 고통을 겪어야 한다고 하기에 삶을 돌아보게 합니다. 초인처럼 되기는 힘들지만, 하루하루를 헛되이 보내지 않고 가치 있게 살려고 한다면 잘 살 수 있을 것입니다. 영원회귀설이 사실이라면 영원토록 주인공으로 사는 것입니다. 지금 여기에서 보내는 시간의 중요성을 다시금 깨우치며, 치열하게 기쁜 삶을 가꾸어 가리라 다짐해봅니다.

　어떠신가요? 지금 여기를 가벼이 여기고 낭비하지는 않으신가요? 저는 잠시의 고통을 피하기 위해 또는 잠깐의 즐거움을 위해 시간을 헛되게 보낸 적이 많았습니다. 빠삐용처럼 시간을 낭비한 죄를 지은 겁니다. 마음을 내려놓고 제 삶을 돌아보며 이젠 더 보람차고 의미 있는 행복한 일에 치밀하게 몰두하겠습니다.

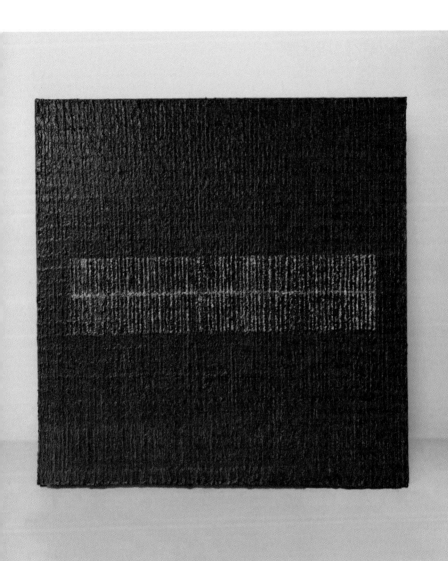

오지윤 　　**해가 지지 않는 바다**　　　　2022

　　　　　Acrylic on canvas(pure gold, pearl)　　91×91cm

전쟁을 통한 평화는
어불성설입니다

> 남의 아이들을 죽임으로써 평화롭게 사는 법을 배워서는 안 된다.
> 지미 카터

정의와 평화라는 이름으로 전쟁이 많이 일어납니다. 지금도 평화라 외치며 상대방을 악이라 규정하는 죽이는 전쟁이 일어나고 있습니다. 필요악이라고 말하는 사람이 있으나 제 생각으로는 사람을 죽이고 희생하는 폭력이 뒤따르는 전쟁은 어떤 이유로도 정당화될 수 없습니다. 역사적으로 보면 전쟁은 종교나 이념 및 특정 권력자를 위해 생겼습니다. 그들의 이권과 독선적 신념의 싸움에 죄가 없는 수많은 아이들이 희생되고 죽었습니다. 자신과 생각과 신념이 다른 사람을 죽이고 평화를 이룬다는 것은 어불성설語不成說입니다. 평화는 사람과 모든 생명공동체를 살리는 일입니다.

마찬가지로 성공이 다른 사람을 속이거나 쥐어짜는 희생을 통해 얻어진 것이라면 진정한 의미의 성공은 아닙니다. 사회의 통합도 약자의 희생이 강요되어서 얻어진 강자를 위한 통합이라면 잘못된 것이며, 헛된 구호일 뿐입니다. 평화란 평등한 관계를 통한 화해이며, 강요나 강압에 따른 평화는 평화를 빗댄 또 다른 착취와 억압일 뿐입니다. 서로의 존재를 인정하고 존중하는 호혜互惠의 개념이 내포되어야 하며 오히려 약자에게 더 많은 배려와 혜택을 주는 것이 필요합니다. 평화로운 사회나 국가의 건설, 나아가 세계평화의 이상을 이루기 위해서는 개개인의 존엄성에 대한 상호존중과 끊임없는 상보적인 대화가 요청됩니다. 어떤 개인이나 집단의 우월성과 이익을 앞세우지 않아야 합니다. 어떤 좋고 바람직한 대안을 가졌다하더라도 독단적으로 상대를 열등하게 보거나 심지어 악의 축으로 놓고 협상하거나 통합하려고 우월감과 폭력을 앞세우면 안 됩니다. 자신의 입장과 마음을 내려놓고 상대방 입장을 무시하지 않고, 이해하고 수용하며 서로 소통할 때 비로소 평화는 시작되는 것입니다.

어떠신지요? 저는 가끔 제 방식이 옳다는 가정 아래 상대를 열등하거나 어리석다고 평가하여 밀어붙인 적이 있습니다. 되돌아보니 부끄럽습니다. 생각해 보니 저는 정의를 논리적 정당성으로 포장하여 상대를 무시하고 평화를 파괴하는 잔인한 사람이었습니다. 이는 평화를 위협하는 강압의 방식이고 상대방의 존재를 무시하고 죽이는 일입니다. 이런 방식은 사회와 국가 공동체에도 그대로 적용됩니다. 쉽게 결론이 나지 않더라도

오지윤   **Big Bang**   2022

Acrylic on canvas(24Kgold, pearl)   130×130cm

그 과정이 폭력적인 방식이 아닌, 상대를 파트너로 존중하고
서로의 가치를 해치지 않고 살려가는 화해와 통합의 과정이 절
대적으로 필요합니다.

현재를 사는 법을
배워야 합니다

> 현재를 사는 법을 배우는 것은 기쁜 행로의 일부다.
> 사라 밴 브레스낙

　25년을 일간지 기자로 인생과 행복에 관한 칼럼을 쓴 저널리스트였고, 「혼자 사는 즐거움」으로 베스트셀러 작가가 된 그의 인생관을 봅니다. 미래를 준비하지 말라는 것은 아니지만, 너무 미래에 치우친 나머지 충분히 즐기며 행복할 수 있는 '지금'을 놓치는 이들에게 주는 메시지입니다. 저도 늘 '사람은 놀기 위해서 지상에 왔다'고 말하면서도 미래에 집착하여 이루지 못할 수도 있는 미래에 대한 욕심 때문에 오늘을 희생하고 낭비하는 경우가 많이 있었습니다.

　주어진 시간은 지금뿐인데, 가끔 영원한 시간을 가진 것처럼 착각하고 사는 저를 발견합니다. 미래의 시간도 현재의 연장에 불과함을 놓치는 잘못이지요. 지금·여기에 있는 사람과 일이

어쩌면 가장 소중하고 의미 있는 관계망(인드라망)을 짜고 있을 겁니다. 미래를 위해 소중한 일이라는 핑계로 현재를 희생하는 것이 올바른 것인지는 다시 생각해 볼 필요가 있습니다. 그리고 그것이 상대방의 희생을 당연히 여긴다면 더 큰 문제입니다. 자신도 모르게 관련되어 있는 사람들에게 희생을 당연시하기 때문입니다. 삶에 우선순위가 있을 수 있지만, 그것이 고정적이고 진정한 의미를 갖는지는 더 고민할 문제입니다. 그리고 현재와 미래의 가치가 달라 행복에 갈등의 요소가 된다면 그 또한 잘못입니다. 나날을 뜻 있게 살며 마지막 순간까지 이어낼 때 삶은 기쁨의 행로行路가 될 것입니다. 현재를 잘 사는 법을 배우고, 살아내는 것이 잘사는 시작이자 끝입니다.

지금 행복하신가요? 아니면 지금 하고 싶은 일을 미래의 꿈과 희망에 장애가 된다고 생각해 미뤄놓으셨나요? 불확실한 미래에 집착하거나 불안해하지 말고 지금 좋은 일이 미래까지 연결된다는 생각으로 기쁘게 실천하실 것을 권합니다. 후회는 지금 해야 바람직하다고 생각하는 일을 미래를 위해 미루면서 시작됩니다.

CHAPTER 7

행복은 늘
가까운 곳에서
손짓합니다

MeME

상명대학교 만화 예술 학사 졸업, 이화여자대학교 디자인대학원 석사수료
예술의 전당 한가람 미술관 전시를 비롯한 다수의 개인전과 KIAF SEOUL을 비롯한 국내
외 아트페어 및 다수의 단체전 참여, 노머니노아트 4회차 우승, 최종 4인 작가선정
사회생활에 찌들어 자존감이 낮아진 현대인들을 표상한 오브제 피그미를 통해 자의식
이 없이 순수한 동심속에서 현대사회의 초현실 유토피아를 그린다. 기분 좋은 촉감의 시
각적 전이로 표현하고 레이어간의 오버랩 등의 방식으로 나만의 작품세계를 구성한다.
나아가 대중미술의 만화적 생명력을 지닌 오브제 피그미를 회화의 다양한 매체로 융합
시켜 확장된 예술 세계관을 완성한다.

MeME	**WANTED 29 DREAMER**	2023
	Acrylic & mixed media on linen	117×91cm

행복은 늘
가까운 곳에서
손짓합니다

> 어리석은 자는 멀리서 행복을 찾고, 현명한 자는 자신의 발치에서
> 행복을 키워간다.
> 제임스 오펜하임

여성 노동자들의 슬로건이던 '빵과 장미'를 통해 생존과 노동조건, 존엄성과 지위향상을 노래한 미국의 시인인 오펜하임의 말이 새로운 울림으로 다가옵니다. 지금·여기에서의 행복이 중요함에도 다른 곳 또는 먼 미래나 과거에서 찾는 사람은 어느 곳에서도 행복을 찾지 못하는 패배자입니다. '나는 이런 사람이니 마땅히 대접받아야 한다.'는 망상이나, 다른 사람에게 인정받지 못해 분노하는 것보다는 오히려 '나와 같은 진주를 몰라보는 돼지들을 불쌍히 여기는' 자존감이 더 낫습니다.

사람들이 서로의 다름을 인정하고 어울려 살아가면 얼마나 좋을까요? 교과서에서는 쉽게 모범답안을 이야기하지만 실천하려면 어렵습니다. 서로를 이해하고 받아들이고 존중하는 통

합을 하는 것이 이상이지만 실제로는 상대의 '다름'을 인정하는 것부터 쉽지 않습니다. 저부터도 '내가 내린 결론이 정답이고 정의롭다'고 착각합니다. 그러기에 '내 생각과 느낌이 잘못될 수도 있겠구나.'하는 태도를 가지기 힘들며 제 자신뿐 아니라 상대의 잘못을 용서하기도 쉽지 않습니다. 그러니 세상이 행복하겠습니까? 이런 현실을 벗어나야 행복이 가능하겠지요. 그래서 행복을 구하지 못하는 정처 없는 방랑자가 됩니다. 방랑자의 신세로 그때, 그곳을 벗어나도 여전히 해결되지 못한 문제는 자신을 괴롭힙니다. 이때 내려놓는 연습이 필요합니다. 내려놓음은 삶을 더욱 풍성하게 합니다. 바른 생각을 하는 현명한 사람이 됩니다. 현명한 사람은 자신의 빵과 장미를 생각하면서도 지금·여기가 살아야 할 터전임을 알고 자신의 부족함을 인정하고 상대의 부족함도 수용합니다. 부족한 사람끼리 서로 기대며 부족함을 채우며 조화롭게 살아가는 지혜를 터득함으로써 방랑자의 길을 마치고 자신의 터전인 공동체에서 행복을 키워갑니다. 불완전 속에서 만족을 배웁니다. 완벽하게 만족할 수 있는 세상은 어디에도 없습니다.

나름대로의 이상적인 삶을 가지고 계시지요? 이상은 추구하는 것만으로도 충분히 소중합니다. 현실은 불완전하고 견디기 힘들지만 어려운 상황과 위기 속에서도 행복의 햇살은 언뜻언뜻 비춥니다. 유한한 삶을 사는 우리에게 지금·여기에서의 행복 찾기가 무엇보다 소중합니다.

MeME   **WANTED 25 Sella hunter**   2023

Acrylic & mixed media on linen canvas   91×72cm

온 세상이
배움의 터전입니다

나는 스승에게서 많은 것을 배웠고, 친구에게서 많이 배웠고, 심지어 제자들에게서도 많이 배웠다.
탈무드

　배움에는 끝이 없고, 배우려고 하는 사람은 어떤 조건도 필요 없습니다. 온 세상이 배우는 터전이며 모든 사람이 가르침을 주기 때문입니다. 교육의 3요소는 가르치는 사람, 배우는 사람, 배우는 내용인데 이 모든 것은 역동적이며 바뀔 수도 있습니다. 가르치는 사람이 배우는 사람이 되고 배우는 사람이 가르치는 사람이 되는 쌍방향 관계이기 때문입니다.

　어느 날 깨달은 것인데, 가르치면서 대상자를 존경한다는 것은 상대적 우위의 입장에 서는 것이 아니라 상대의 말에 귀기우이고 상대에게서도 배울 것이 있는지를 살피는 겸양의 태도였습니다. 불치하문不恥下問이 쉽지 않습니다. 가르치는 일을 직업으로 삼는 저도 가르치는 것에 익숙하지 상대에게서 배우려는 태도에는 익숙하지 않습니다. 이때 내려놓는 연습이 필요합니다. 자신의 세상 보는 눈의 오만과 편견을 들여다보고 내려놓으면 성숙한 인격체로 거듭나게 됩니다. 성숙한 인격체는 모든 사물을 오만과 독선의 편견을 내려놓고 있는 그대로 수용하고 받아들입니다. 선현들이 어린아이의 말이라도 배울 것은 배워야 한다고 말씀하신 연유를 이제야 알 것 같습니다. 탈무드의 가르침은 가르치려는 태도보다 배우려는 태도가 먼저라는 것을 깨닫게 합니다. 저의 경험으로도 배움으로 인해 가르칠 수 있는 지혜를 갖게 됩니다. 다른 사람의 말에 더 귀 기울이고 배울 것이 없는가에 노력하는 사람이 되겠습니다.

여러분은 배움에 더 우선을 두시나요? 아니면 얇은 지식으로 가르치려 드시나요? '선무당이 사람 잡는다', '되로 배워 말로 풀어먹는다.'는 말이 있습니다. 이 말은 장사꾼은 모르겠으나 가르치는 일이 직업인 사람들이 경계해야 할 교훈이자 좌표座標입니다.

MeME　　　**WANTED 40_Forest of ART**　　　2022

Acrylic & mixed media on linen canvas

사람을 대할 때
우선 상대방의 마음을
헤아려야 합니다

> 사람을 대할 때 상대의 논리보다는 감정이 있는 사람이라는 사실
> 을 잊지 말라.
> 데일 카네기

지당한 말임에도 불구하고 실천하기 어렵습니다. 저의 이제
까지 경험으로는, 잔인하게도 저는 상대에게 이해받고 싶고 제
편이 되었으면 하면서도 상대에게는 제 원칙과 가치의 정당함
을 인정받길 원했습니다. 입장을 바꾸어서 생각해보면 '내 입
장에 수긍해라, 그러면 모든 일이 잘될 것이다'는 독선적이고
독단적인 관점이 뿌리박혀 있는 것입니다. 또한 세상에는 진실
하지 못한 타협도 있습니다. 솔직한 이야기가 모든 사람들에게
도움이 되지 않으면 그것을 알면서도 자신의 이익을 위해 암묵
적으로 타협하여 적을 내치거나 이득을 취하는 방법입니다. 또
한 자신의 목적을 위해 시선을 다른 곳으로 돌려 위기를 모면
하는 방법을 모색합니다. 이 둘 다 썩은 정치가나 모사꾼들이

흔히 쓰는 방법입니다.

　요즈음 제가 선택하는 방식은 상대방의 이야기에 마음이 불쾌해져도 어떤 말도 하지 않고 들어주는 것입니다. 이것도 쉽지 않습니다. 성숙한 인격과 대단한 인내가 필요합니다. 이성과 논리의 가치를 중요시 여기는 사람에게는 상대를 논리로 누르려는 성향 때문에 자신과 맞지 않는 말을 하면 반론을 준비하기 때문입니다. 어느 날 홀연히 제가 당했던 억울한 장면이 떠올랐습니다. 제 진실을 믿어주기보다 상황을 논리적인 증거로 채워가는 엉뚱한 일들이 벌어지는 것을 보았기 때문입니다. 구차한 변명이라 할지라도 먼저 허심탄회하게 들어주는 것이 필요한 것을 깨달았습니다. 감정은 상대와 마음을 연결해주는 열쇠입니다. 가장 비겁한 사람이 당사자 앞에서는 심정을 헤아려주다가 다른 자리에서는 논리를 앞세우는 사람입니다. 안팎이 다른 것입니다. 감성과 이성은 양날의 검처럼 둘 다 필요합니다. 어떤 것을 편하게 많이 쓰느냐는 것이 성향을 나타내기는 하지만 우리 모두는 둘 다 가지고 있다는 사실을 잊지 마십시오. 논리 이전에 다른 사람의 마음을 품어주고 수용하는 따뜻함은 서로를 살립니다. 너무 이성과 논리를 밝히고 주장하는 제가 얻은 지혜입니다. 상대에게 기꺼이 마음을 내어주지 못할 때는 그 사람과 관계를 하지 않는 것이 더 나은 이치입니다. 얄팍한 이해관계에 자존심을 걸지는 말아야겠습니다. 어렵지만 따뜻하게 마음을 품어주는 사람이 되어야겠습니다.

　어떠신가요? 논리를 앞세워 상대의 감정을 무시한 적은 없

MeME · **WANTED 31 STELLA DREAMERS** · 2023
Acrylic & mixed media on canvas · 57×45cm

나요? 상대방의 존중은 감정에서 시작하지 논리에서 시작하
는 것이 아닙니다. 내려놓는 연습도 자신의 순수한 마음을 논
리와 이성이 너무 강하게 판단하고 분별하여 평가하는 것을 들
여다보는 것입니다. 상대의 마음을 헤아려주는 일이야말로 마
음을 따뜻하게 보살피는 일이며 서로의 관계와 행복을 위해 우
선 앞세워야 할 일입니다.

상대방에게 묻는
질문은 기적을
일으킵니다

> '자네 생각은 어떤가?'라는 질문의 힘을 굳게 믿는다. 이 질문은 기적을 일으킨다.
> 빌 메리어트

CEO마다 의사결정을 하는 방식은 다를 수 있으나 자신의 입장을 가지면서도 상대의 생각을 물어보고 결정하는 것은 현명합니다. 세계적인 호텔체인점인 메리어트 인터내셔널의 회장인 메리어트가 사업에 성공한 이유 중 하나입니다. 저는 의사결정을 할 때 다른 사람의 의견을 참조하기도 하지만 대부분은 제가 선택한 방식을 합리화하는 잔인한 방식으로 채택하는 경우가 많았습니다. 그러나 가끔 다른 사람의 의견을 잘 듣고 결정에 반영하면 저의 편협한 판단과 평가로부터 벗어나 바람직한 결정을 한 경우가 많았습니다.

자신이 한 결정을 바꾸고 포기한다는 것이 실제 상황에는 쉽지 않습니다만 최종결정을 내리기 전에 의견을 물어보는 여유는 현명한 결정을 내리기 위해 꼭 필요합니다. 이 또한 자신의 판단과 평가 및 독선을 내려놓는 연습이기도 합니다. 질문의 힘을 믿고 질문의 기적을 경험한 메리어트 회장의 의사결정과 정에 경의를 표합니다. 윗사람으로서 아랫사람에게 의견을 구한다는 사실부터가 용기 있는 실천이며 지혜로운 기업경영의 시작이자 끝인 것입니다. 자신의 의견을 존중하고 받아들여 준 회장을 바라보는 직원의 입장에서는 보람을 느낄 것이고 결정적인 시기에 건설적인 의견을 솔직하게 걸림돌 없이 자유롭게 내놓을 수 있을 것입니다. 이것이 회사의 발전과 성장의 자산이 됩니다.

상대의 의견 특히 나보다 열등하고 아래에 있다고 생각하는 사람의 의견을 어떻게 하시는지요? 저는 열린 의사소통 구조에서 여러 사람의 의견을 편견 없이 존중해야 집단이 성장할 수 있다고 봅니다. 저는 그동안의 합리적이라는 근거를 앞세워 제 의도대로 의사결정을 했던 잔인한 방식을 그만두겠습니다. 제 마음을 내려놓는 연습을 통해 제 마음의 굴레에서 해방되어 구성원의 의견을 반드시 물어보는 현명함을 잊지 않겠습니다.

MeME   **WANTED 23 SHINING STAR**   2023

Acrylic & mixed media   53×45.5cm

삶의 모든 문제는
피하고 싶지만
그럴만한 이유가 있습니다

> 살다 보면 삶에 문제가 생겼을 때 우리가 그것을 피하고자 아무것
> 도 할 수 없는 순간들이 있습니다. 하지만 그 문제들은 그럴만한
> 이유가 있어서 거기에 있는 것입니다.
> 파울로 코엘료

걸림돌이 있을 때 깨끗이 치우고 싶은 것이 모든 사람의 마음일 것입니다. 저도 어떤 문제가 생기면 풀리지 못하는 현실에 힘들어 하고 안타까워합니다. 그러나 일상에 일어나는 문제들은 조금만 뒤집어 보면 많은 것을 가르쳐주는 지혜의 보고입니다. 사람이 병에 걸리지 않는 것이 좋지만 병은 생명을 잘 유지하라는 경고이자 잘못된 삶을 일깨워 건강하게 사는 비결을 주기도 합니다. 제 경험으로는 어떤 일이 어긋났을 때 당장의 이익보다 더 많은 것을 준비해 더 큰 실패와 화근을 예방해 주기도 했습니다. 그러기에 모든 문제의 뒷면에는 그럴만한 이유가 있습니다.

저도 살면서 어처구니가 없고 때로는 본의 아니게 모함도 받

고 뜻이 왜곡되어 오해받고 오해를 하는 경우를 많이 만났습니다. 저도 처음에는 많이 억울해서 상대를 나쁘고 못된 놈으로 비난하며 방어했습니다. 그 결과 오해가 풀리기보다는 상대와 벽을 쌓고 좋은 사람까지 잃었습니다. 오해가 풀리고 서로를 이해하는데 시간이 필요하다는 순리를 잊은 것입니다. 마음의 앙금과 오해를 풀려면 시간이 필요합니다. 반면교사反面教師, 타산지석他山之石이라는 표현은 어려움과 갈등을 풀어갈 지혜를 줍니다. 방해가 되고 싫어하는 사람이 사라지면 평화로울 것 같지만, 그것은 얽혀있는 유기체적 구조를 1:1로 단순화한 발상입니다. 불교에서의 '업보와 인연'이라는 얘기에 동감할 경우가 이 때입니다. 인간에게 해충이 다른 생명체에게는 생존을 위한 귀중한 먹이라는 사실을 잊지 말아야 합니다. 저에게는 도움이 되지 않을 뿐만 아니라 심지어 해를 끼치는 사람도 어떤 이에게는 너무나 소중한 사람일 수 있고, 어쩌면 다른 곳에서 가치가 있는 일을 하고 있는지도 모릅니다. 자신의 유리함과 불리함 즉 이해관계로 모든 문제를 바라본다면 세상은 갈등으로 휩싸여 평화롭지 않습니다. 마음을 내려놓고 바라보십시오.

코엘료의 「연금술사 이야기」는 많은 가르침을 줍니다. 문제를 자신의 이해관계로 해석하지 말고, 피할 수 없거든 받아들이고 더 승화시키라고 합니다. 모든 문제에는 그럴만한 이유가 있어서 거기에 있다는 것입니다. 행복은 저의 해석에 달려있음을 다시 느낍니다.

MeME   **WANTED 37**   2023

Acrylic & mixed media   91×73cm

많이 듣는 지혜를
가지세요

| 말하는 것은 지식의 영역이고 듣는 것은 지혜의 영역이다.
| 올리브 웬델 홈즈

어떤 사람이 엉터리와 같은 무식한 말을 하고 있다고 생각될 때 입이 근질근질하고 고쳐주고 싶은 잔인한 마음이 꿀떡같습니다. 그런데 제 경험으로는 그 자리에서 바로 말하지 않고 나중에 하거나 마음을 비우고 듣고만 있는 것이 현명한 경우가 많았습니다. 옳은 말이든 그릇된 말이든 발신자와 수신자가 내적으로 얽혀있는 경우가 많을 뿐만 아니라 입에서 나간 말은 책임이 뒤따릅니다.

사람이 성장함에 따라 말하는 것보다는 듣는 것이 더 많아진다는 것을 깨달았습니다. 그래서 공자님은 60을 이순耳順이라 했습니다. 어렸을 때는 대화를 이끌어서 인정받고 이기려는데 초점을 맞췄던 같습니다. 그러다 보니 본질보다는 상대의 태도나 정서적인 측면에 더 민감하게 반응했습니다. 상대를 진정으로 받아들이지 않은 것이지요. 말은 상대와 자신을 묶고 연결하는 귀중한 도구인데, 말을 많이 하는 경우는 상대보다 우위에서 설득하고 충고하고 이해시키려는 경우가 많습니다. '당신은 내 말을 들어야 된다.'라는 은근한 강요가 있으니 건전한 동반관계가 아닌 것이지요. 말을 많이 듣고 받아들이는 것은 상대를 존중하고 진정한 파트너로 여기는 것입니다. 말을 듣다 보면 상대의 입장도 이해되고 오해도 풀려 실수하거나 잘못할 가능성이 낮아집니다. 즉각적인 반응이 솔직할 수도 있으나 상대를 쉽게 나쁜 사람 또는 좋은 사람으로 판단하고 규정하는 잘못을 저지르게 되니 말을 잘 듣는 것이 지혜로운 것은 확실한 듯합니다.

　말을 많이 하는 스타일이신가요? 아니면 상대의 말을 잘 들어주는 유형이신가요? 후자後者가 좋은데요, 특히 자신과 이해관계가 있을 경우에는 더 많이 듣고 생각하고 적게 말해야 사람도 얻고 뜻한 바도 이루실 겁니다. 오늘 하루 하고 싶은 말을 내려놓으세요.

MeME   **WANTED 20 New Sunshine**   2022

Acrylic & mixed media on linen canvas   91×73cm

탐욕은 결국
모든 것을
잃게 합니다

> 탐욕은 모든 것을 얻고자 욕심을 내서 도리어 모든 것을 잃게 한다.
> 몽테뉴

　불교에서도 탐진치貪瞋癡의 3독毒 중 탐욕을 나쁜 독의 으뜸으로 삼고 성서도 탐욕을 7대악으로 규정하고 그 폐해弊害를 경고합니다. 동서양을 불문하고 탐욕에 대한 시각은 마찬가지인 모양입니다. 사람이 욕심을 다 내려놓고 살기는 힘든 모양입니다. 욕심이 자신의 오감각의 육체적 안녕과 편안에 밀접하게 관련되어 있기 때문일 것입니다. 사랑, 정의, 평화 등 진정으로 욕심내야 할 것도 있지만 무엇이든 지나친 욕심은 화를 자처합니다. 지나친 탐욕은 사랑, 정의, 평화라는 명분으로 자신과 다른 사람의 관계를 끊고 생명을 빼앗기도 하고 나라가 나서 전쟁까지 하니까요.

　저도 한때는 욕심이 많고 가진 것을 나눠주는 것에 인색吝嗇

했던 것 같습니다. 어느 날 '소유가 아니라 쓰임이 중요하다'는 것을 느꼈습니다. '버는 사람 따로 있고 쓰는 사람 따로 있다'는 말이 있습니다. 많은 부와 지식을 갖고 명예를 얻으면 뭐합니까? 그것이 올바르고 좋은 일에 쓰이지 못한다면 헛된 것입니다. 평생 쓸 수 있는 재물이나 재주나 능력은 한계가 있습니다. 그것을 풀어서 나누어야 행복을 누릴 수 있고 계속 즐거운 법입니다. 신선한 곡식이나 채소를 오래 보관해 보세요. 결국 썩어서 버리게 됩니다. 썩기 전에 나누면 많은 사람이 신선한 곡식과 채소를 먹을 수 있고 상대에게 다시 돌려받는 행복을 얻기도 합니다.

어떠신가요? 뭐든지 저축하고 쌓아 놓는 형이신가요? 아니면 나누고 공유하시나요? 저축이 전혀 없는 것도 흠이 될 수도 있지만 지나친 욕심을 부린 저축보다는 나누고 베풀면 훨씬 행복하고 기쁨이 넘칩니다. 재화는 돌아야 쓸모가 있고 가치가 커집니다. 놔두면 쓸모가 없어집니다.

CHAPTER 8

어려움을 겪어 본 사람은
생명의 존귀함을
압니다

신철호

조선대학교 미술대학과 동교육대학원을 졸업하고 Art Students League of New York, National Academy of Fine Art에서 수학하였으며 국전비구상 심사위원 역임.

신철호 작가의 작품은 현대시대의 복잡성과 고독, 또한 아름다움을 탐구하는 깊이 있는 예술적 사색의 결실이다. 다양한 문화권에서의 그의 미적체험은 정신과 마음이 융합된 합치로 잘 가공되어 새로운 조형언어로 탄생 되어진다. '기호화된 화석교감'은 현대의 기계문명과 자연의 조화를 찾는 과정에서 발견되는 감성적인 교감으로 미니멀리즘과 아상블라주, 콜라주 등의 미술적 기법과 철학적 내용이 결합되어 있다. 그의 작업은 고독과 소외감 속의 인간의 존재와 이를 통한 현대 사회의 복잡성과 갈등을 탐구하는데 극대화된 미니멀리즘은 본질을 드러내는데 초점을 맞추며, 숨겨진 아상블라주와 콜라주는 내재된 요소들을 결합하여 새로운 의미를 창출한다. 또한, 중첩된 요소들은 현대 인간의 본질을 철학적으로 탐구하고, 이를 예술적으로 표현하는 과정에서 예술의 역할과 가치에 대한 깊은 사유를 제공한다.

| 신철호 | **For You** | 2018~2024 |
| | Mixed media on board | 25×35cm |

어려움을 겪어 본 사람은
생명의 존귀함을
압니다

> 추위에 떨어본 사람이라야 태양의 따스함을 진실로 느낀다. 굶주림에 시달린 사람이라야 쌀 한 톨의 귀중함을 절실히 느낀다. 인생의 고민을 겪어본 사람이라야 생명의 존귀함을 알 수 있다.
> 월트 휘트먼

휘트먼은 가난한 농부이자 목수인 아버지와 퀘이커교도인 어머니 사이에 9남매의 둘째로 태어났습니다. 가정이 어려워 11세에 법률사무소, 병원, 인쇄소, 신문사 등에서 잡일을 했습니다. 5년 동안의 교사생활, 신문사 편집인을 거쳐 자연을 노래한 시인 에머슨의 영향으로 미국의 정신을 대변하는 시인이 되었습니다. 위 구절은 그의 값진 삶이 반영된 것입니다.

그는 「풀잎」이란 시집에서 계급이 없는 사회, 모든 인간의 평등한 존엄성, 생명존중사상, 희망과 자유를 그려내고 있습니다. 어려운 시절에 사회를 원망하고 좌절로 세월을 보낸 것이 아니라 체험을 통해 인간의 가치를 실현하고 생명의 존귀함을 알았다는 것을 밝히고 있습니다. 일부러 고뇌와 어려움을 겪을 필요까지는 없습니다만 어린 시절부터 너무 보호받고 사랑만 받은 사람은 자신만을 중히 여기는 습성이 있습니다. 그로인해 자신의 상처에는 민감하나 다른 이의 상처를 이해하지 못하고 희생을 아름답게 승화시키지 못하는 경향이 있어 소통이 어려울 수 있습니다. 물론 어려움과 상처를 이겨내지 못하는 사람은 세상에 분노하며 열등감에 빠지거나 반사회적이 되어 다른 대상에 분노하고 공격적일 수 있는데 이 또한 마음의 장애입니다.

어려운 상처를 이겨내고 치유한 사람들은 삶의 지평이 넓어 자신의 존귀함과 아울러 상대의 존엄성도 인정하는 넉넉함이 있고 베풀 줄 압니다. 더 나아가 자신의 아픔과 절망을 승화시켜 온 생명체를 품고 용서하고 배려하며 더불어 삽니다.

그릇의 크기는 자신과 상대를 품는 가슴일 것입니다. 좋은 경험도 삶에 득이 되지만 때로는 가난과 어려움도 축복이 될 수 있습니다. 어떻게 생각하시나요? '귀한 자식일수록 고생을 시켜라'하신 성현들의 말씀이 떠오릅니다. 고생도 생명의 존귀함을 아는 축복이 될 수 있으니 좌절하지 말고 기꺼이 귀하게 받아들여야 합니다. 마땅히 우리 사회도 어렵고 힘든 사람들에게 기꺼이 손을 내밀어 그들의 가슴에 사랑과 희망의 불씨를 키울 수 있도록 도와주어야 합니다.

신철호   **Delight**   2023

Mixed media on canvas   41×27.5cm

미워하고 속상해 하며
살기에는 인생이
너무 짧습니다

> 어떤 것에 대해 미운 마음을 품거나 억울한 일을 당했다고 해서 꼬치꼬치 캐고 속상해하면서 세월을 보내기에는 인생이 너무 짧다.
> 샤롯 브론테

「제인 에어」를 쓴 자유분방한 상상력을 가진 샤롯 브론테의 말은 사람 사이에 갈등이 있거나 일이 안 돼서 속상할 때 멋진 깨우침을 줍니다. 속상하고 억울한 일을 당할 때 자신의 정당성을 주장하기 위해 변명거리를 찾아내려고 온 힘을 기울입니다. 상대가 한 일에 아무것도 아니라는 듯 무덤덤하게 넘어가는 것이 오히려 시원한 복수이자 현명한 대처일 수 있습니다.

저도 한때는 지고는 못 사는 인간이었습니다. 지금 와서 생각하면 상대의 덫에 걸려 저의 귀중한 시간을 쓸데없이 낭비하고 있었습니다. 마음의 문제를 풀거나 오해와 억울함을 해결하려면 시간이 필요한데 무리하게 앞당겨 결론을 내려고 하니 문제가 생겼습니다. 사람 사이에 100% 완벽한 입장의 일치는 세상에 없습니다. '나는 정당하고 당신은 그르다'는 것을 증명하는 것은 더욱 힘듭니다. 보는 관점이 다른 것을 인정하는 것이 잘사는 것이고, '그럴 수도 있겠구나.'라고 생각하는 여유가 평안을 줍니다. 자기에게 정당해 보이는 것을 상대는 잘못되었다고 할 수 있습니다. 제 경험으로는 상대의 반응에 대해 입장을 미루거나 무시하는 것이 현명했고, 기다릴 필요가 있었습니다. 시간이 상처도 치유하고 정당함을 밝혀줍니다. 얽히고 꼬인 문제는 반드시 풀리게 되어 있습니다. 다만 시간이 필요할 뿐입니다. 억울한 과거의 일을 정당화하려고 시간을 쏟는 대신 현재의 일을 현명하게 풀어가는 지혜를 가져야 합니다. 이 과정이 바로 내려놓기 연습 과정입니다.

어떠신가요? 억울하고 마음 상한 일이 많이 있으셨지요? 그럴 때 어떻게 문제를 푸셨나요? 억울하고 속상한 마음을 설명하면 금방 이해하고 풀어주시던가요? 본질은 어디 가고 다른 쪽으로 문제가 튀지는 않던가요? 바른 일은 하늘이 알고 땅도 압니다. 상대에게 내 입장을 정당화하기보다는 털어버리고 현재에 성실하면 저절로 문제가 풀려갑니다. 옛일을 정당화하기 위해 지금을 희생하는 것처럼 바보스러운 일은 없습니다. 불편한 마음을 내려놓으십시오.

신철호   **Memory**   2022~2024

Mixed media on canvas   49×33.5cm

꿈을 이루기 위해서는 가혹한 과정을 걸쳐야 합니다

> 꿈은 이루기 전까지는 꿈꾸는 사람을 가혹하게 다룬다.
> 윈스턴 처칠

소망하지만 이루기 힘들기 때문에 꿈이라 부릅니다. 그러기에 꿈을 이루는 과정은 힘들고 많은 어려움이 있습니다. 사람 마음이 간사해서 뭐든지 쉽게 얻으려는 경향이 있습니다. '이 꿈은 이룰 수 없다'고 포기하고 다른 꿈을 찾다가 실패를 반복하는 패배자가 되기도 합니다. 어려움을 이겨낼 각오를 단단히 하고 포기하지 않으면 반드시 꿈은 이루어지기 마련입니다.

저도 여러 고민을 한 적이 있었습니다. 꿈까지는 아니지만 하고자 하는 일을 완수하는데 '모든 것을 희생할 각오를 해야 할 만큼 가치 있고 즐겁게 해낼 수 있을까?'라는 질문을 제 스스로에게 많이 했습니다. 개인적인 욕구나 명예를 추구하는 것이 아니라 진실로 가치 있고 멸사봉공滅私奉公과 견리사의見利思

義의 자세를 지켜갈 수 있느냐를 물었습니다. 당시에 내려놓고 나니 너무 마음이 편하고 잘했다는 생각이 듭니다. 저의 진정한 꿈도 아니고 제 자리가 아닌 것이지요. 우리가 먼저 물어야 할 것은 하고 싶은 일이 이루기 어렵다 할지라도 다 내려놓고 모든 것을 걸 만큼 가치가 있는가 하는 것입니다. 그럴 때 어렵더라도 이겨낼 힘이 생깁니다. 꿈을 이루기 위해 가혹한 과정을 넘길 만큼의 일인가를 생각하고 노력하는 것이 필요합니다. 진정한 가치는 거센 파도와 폭풍우 같은 위기와 고난도 이겨낼 수 있습니다.

가진 꿈이 여러분의 겉모습을 꾸며주는 것인가요? 아니면 진정으로 하고 싶은 일인가요? 전자는 가짜 꿈이니 버리십시오. 후자라면 절실함이 크기에 더 많은 내외적 갈등이 괴롭히겠지만 그 아름다운 꿈은 여러분의 노력으로 꼭 이루어질 것입니다. 과정의 험난함을 견뎌낼 내적인 힘이 뒷받침하고 있으니까요. 설사 실패하더라도 꿈을 찾아가는 과정이 여러분을 기쁘게 할 것입니다. 그 꿈을 향해 파이팅하실까요?

신철호   **Memory**   2022~2024

         Mixed media on canvas   41×27cm

아내와 아들을
사랑하는 마음으로
부모를 섬기십시오

아내와 아들을 사랑하는 마음으로 부모를 섬기면 그 효도에 마음과 정성을 다하는 것이다.
명심보감

두 가지 마음이 엇갈리며 부끄러웠습니다. 아내와 두 딸에게도 사랑으로 잘 대해주지 못하고, 어머님께도 제대로 효도를 못하고 있으니 죄송한 마음을 전하며 많이 반성합니다. 그러나 사랑과 마음 씀씀이가 적다고 해도 어머님보다는 아내와 딸들에게 더 마음을 많이 쓰는 것은 분명합니다.

살을 붙이고 사는 아내에게는 가정의 안녕과 평화를 위해 마음을 먼저 쓰는 것이 당연합니다. 자식이 조금 서운케 해도 부모님은 자식을 먼저 이해하니 우선순위에서 밀립니다. 특별한 효자를 빼고는 다른 사람들도 아내와 자식들에게 베푸는 관심과 사랑만큼 부모를 섬기지는 못하는 경향이 있어 내리사랑이라는 말이 맞나 봅니다. 그러나 근본을 살펴보건대 '나실 제 괴로움 다 잊으시고 기르실 제 밤낮으로 애쓰는 마음'이라는 노랫말처럼 정성과 사랑으로 보살펴주신 부모님의 은혜에 먼저 보답해야 합니다. 그러나 크고 나면 언제 그랬냐는 듯 부모님께 자라면서 상처받거나 해결되지 않은 섭섭했던 기억만 말씀드립니다. 자신이 잘못되면 부모님의 잘못된 양육과 교육에 있다고 핑계를 대며 아프게 합니다. 웃기는 이야기지요. 그러면서 자식에게는 많은 사랑을 주어야 한다며 넘치게 보호하여 아이를 망칩니다. 그 사랑을 조금 떼어 부모님께 베풀면 균형감각을 회복할 것입니다. 저도 돌아가신 아버님과 살아계신 어머님께 죄송한 마음이 큽니다.

　명심보감의 말씀처럼 부모님을 정성 어린 마음과 사랑으로 보살피시나요? 실천하지 못하는 저는 부끄럽습니다. 저와 함께 사랑이 담긴 따뜻하고 아름다운 표정과 말씀으로 대하는 것부터 모시는 것을 우선 실천하세요. 때로는 정성이 담긴 음식도 대접하고 필요한 용돈과 선물도 사드리며 보살펴드립시다. 어머님 죄송하며, 감사하고 사랑합니다.

신철호 **You & I** 2024

Mixed media on canvas 35×24cm

수치를 아는
사람이 되세요

> 자사가 물었다. '수치란 무엇입니까?'. 공자가 답했다. '나라에 도
> 가 있는데도 하는 일 없이 녹을 먹거나, 나라에 도가 없는 데도 벼
> 슬자리에 연연하여 녹을 먹고 있는 것이 바로 수치이니라.'
> 중니 제자열전

자고로 염치廉恥를 알고, 부끄러운 줄 알고, 무슨 일을 하든지
정당한지를 먼저 물어야 합니다. 그 길이 올바르면 혼신을 다
하고, 혹시 올바르지 않을 경우에는 목구멍에 풀칠하기 위해
비루함을 보여서는 안 된다는 것입니다.

생각해 보니 '배부른 돼지보다는 배고픈 소크라테스가 되겠
다.'고 하면서도 한편으로는 목구멍이 포도청이라는 말을 입
에 달고 살았던 것 같습니다. 최소한의 빵은 중요하지만 비굴
한 자신을 합리화하는 잔인한 도구로 썼으니 이중인격자인 셈
이지요. 지금은 어떤 일을 대할 때 제 이익을 앞세우는지 아니
면 공동체에 좋은 일인지 많이 반성하며 돌아봅니다. 사적인
이익 앞에서 올바름을 생각하는 여유를 갖는 것이 부끄러워할

줄 아는 사람이라 생각합니다. 가끔 혼자만의 이익을 위해 여러 사람을 희생하고도 당당하게 여기는 사람을 보면 반면교사로 삼습니다. 이익을 위해서는 염치도 내던지고 어떤 방법도 가리지 않는 무도한 사람이 되지 말고, 바른 길이 아니면 비루하게 연연하지 않으며 길을 바꾸는 당당한 용기가 있어야 합니다.

어떠신가요? 저를 돌아보니 부끄럽고 또 부끄럽습니다. 가치 있게 살기 위해 되묻고 반성하며 비록 저에게 이익이 되더라도 유혹에 빠지지 않고 바른길이 아니면 가지 말아야겠다고 다짐해 봅니다. 바른길을 가기 위해 내려놓기 연습을 계속할 것입니다. 특히 지도자가 되고 싶은 분들은 공자의 말씀을 다시 새겼으면 좋겠습니다. '이 길이 진정 정의로운 길인가?'를 다시 한번 물으시길 바랍니다.

신철호   **Silver_Gold_ Blue**

Mixed media on canvas   35×27cm

해야 할 일을
좋아하면
행복합니다

> 행복의 비결은 좋아하는 일을 해서가 아니라 해야 하는 일을 좋아
> 하기 때문이다.
> 제임스 베리

갑자기 '행복해서 웃는 것이 아니라 웃으니까 행복하더라.'
는 말이 떠올랐습니다. 일을 노동으로 생각하면 힘들고 자신을
노예처럼 여기게 되지만 일을 좋아하고 즐기면 주인공이 됩니
다. '피하지 못할 일이면 즐겨라'는 말이 있듯이, 해야만 되는
일이면 의무에 머물지 말고 자신의 능력과 일의 가치를 되새기
며 긍정적으로 받아들여야 행복합니다. 행복은 멀리 있는 것이
아니라 우리 일상의 일을 대하는 마음가짐과 실천에 있습니다.
처음부터 자신에게 맞고 만족스러운 일은 드뭅니다. 어떤 뜻으
로 해석하느냐가 행복을 결정짓습니다.

대개의 사람들은 지금 하는 일에서 행복을 찾기보다는 멀리
서 찾는 경향이 있습니다. 지금 있는 여기가 행복을 꽃피우는

터전입니다. 그러기에 해야 할 일에 불평불만을 앞세우면 지옥이고, 미래의 가능성과 행복을 꿈꾸면 천당이 되는 것입니다. 지금 하는 일을 목구멍에 풀칠하기 위해 마지못해서 하는 고역이 아니라 서로 돕는 일이라면 행복이 동반할 것입니다. 때로는 그 일의 과정이 놀이처럼 즐겁고 보람찬 일이라면 불자들에게는 자신을 깨닫고 성불하는 과정이 될 것이며, 기독교인이라면 전능하고 거룩한 분의 찬미와 영광으로 천국의 문이 열릴 것입니다. 이렇듯 삶이란 자신의 일을 대하는 자세에 따라 행복의 터전이기도 하고 불행의 경작지이기도 합니다.

행복의 터전에 사시나요? 그러면 주인은 여러분입니다. 어떻게 살 것인가를 결정하는 순간 천당도 되고 지옥도 됩니다. 저는 미래의 천당에 내기를 거는 것 보다 '지금 이곳'을 천당으로 만들고 싶습니다. 사랑과 행복이 넘치는 현세現世라는 천당에 살다가 지고지선의 천당으로 가는 최고의 선택을 하고 싶습니다.

신철호 **Summertime** 2022

Mixed media on board 39×27cm

삶의 활력소
유머 감각을
기르세요

> 유머감각이 없는 사람은 스프링이 없는 마차와 같다. 길 위의 모든
> 조약돌에 부딪힐 때마다 삐걱거린다.
> 핸리 와드 버처

유머감각이 있는 사람을 좋아하는데, 그런 사람과 함께하면
즐거워서 삶의 윤활유가 됩니다. 모든 문제를 쉽게 여기는 유
머는 방정맞을 때도 있지만 고지식하고 심각한 태도보다는 훨
씬 삶을 경쾌하고 부드럽게 합니다.

제 주위에도 유머감각이 뛰어난 분이 몇 있는데, 그분들의
유머로 하루를 상쾌하게 여는 경우가 많습니다. 신나는 유머는
듣는 이의 자신감을 높여줍니다. 특히 계층이나 신분을 내려놓
고 상대를 배려하는 유머는 더 좋습니다. 진정한 유머는 마음
을 내려놓았을 가능합니다. 제가 농담으로 '유머는 유모의 젖
과 같다'는 말을 잘합니다만 유머가 생의 에너지를 주고 유쾌,
상쾌, 통쾌함을 주기 때문입니다. 유머가 없는 사람과 대화를

하면 답답하고 문제가 삐걱거리는 경향이 있습니다. 물론 대화의 너무 많은 부분을 유머가 차지하면 말의 본질을 흐려 주제를 파악하기가 힘들고 자칫 가벼운 사람으로 여겨질 수도 있습니다. 그러기에 양념이나 윤활유로 족해야지 주객主客이 바뀌면 곤란합니다. 더 경계해야 할 것은 사이비似而非 유머입니다. 상대를 깎아내리는 유머, 상대가 듣기 싫어하는데 반복하며 즐거워하는 유머, 아픈 곳이나 약점을 건드리는 유머입니다. 그러나 대부분의 유머는 순수한 즐거움을 줍니다.

유머가 있으신가요? 넉넉하신 분이시군요. 칭찬이나 좋은 평가뿐만 아니라 비난과 가십까지도 적절한 유머로 받아넘길 수 있다면 자신감과 행복이 더욱 넘칠 것입니다. 오늘도 멋진 유머 한 마디 펼쳐보실까요.

CHAPTER 9

행복과 불행은
자신에게
달려있습니다

오정

개인전 10회와 다수의 단체전과 LA아트쇼를 비롯한 국내외 아트페어 참여

작가는 전통과 현대를 탐구하고 타임슬립하여 완성한 자신만의 형형색색의 다양한 색채의 자개로 만들어진 "볼륨쉐입" 기법으로 살아 숨 쉬는 빛의 달항아리를 통해 관객들에게 작품에 타이틀처럼 새로 담다hold라는 메시지를 전한다. 작가의 새로 담다 "holds"는 holds all the good things "다시 태어나듯 뭐든 최고로 좋은 것, 그리고 경이로운 삶의 경험 등을 담을 수 있는" 신비로운 달항아리를 상징한다. 마치 창작을 통해 자아완성을 할 수 있는 작가로 다시금 태어나듯 고된 수행, 뼈를 깎는 창작의 고통과 깊은 사색을 통해 완성한 한 폭 한 폭의 작품을 통해 비로소 완전한 작가로 다시 태어날 수 있다고 했습니다. 그래서 자신의 작품을 통해 관객들에게 다시 태어나듯 자아완성을 할 수 있는 행복, 건강, 부, 용기, 도전, 열정 등 긍정적이고 행운 가득한 시간을 담아낸 빛의 달항아리를 우리에게 선사하고 싶다라는 의미를 담고 있습니다.

오정	달항아리...담다	2023
	캔버스, 아크릴. 자개. 순금	50×50cm

행복과 불행은
자신에게
달려있습니다

> 행복과 불행의 대부분은 주변 환경이 아니라 자신에게 달려 있다.
> 마사 워싱턴

　호텔 이름으로도 쓰고 있으며 미국 초대 대통령의 부인으로 알려져 있는 그녀의 말은 의미가 깊습니다. 행복을 주변의 덕택으로 돌리는 것은 겸손으로 평가할 수 있지만, 불행을 주변 환경의 탓으로 돌리는 사람은 인생의 실패자임이 확실합니다. 어떻게 마음먹고 살아가느냐에 따라 행복과 불행이 결정됩니다.

　'모든 것은 마음먹기에 달려 있다'는 불교의 가르침이 없다 하더라도 경험으로 삶의 시작과 끝은 자신의 결정에 달려있다는 것을 우리 모두가 알고 있을 것입니다. 나날의 삶뿐만 아니라 전 생애도 삶을 바라보는 시각에 좌우됩니다. 아침에 눈을 뜨자마자 오늘도 모든 일이 잘될 거라며 긍정적으로 시작하면서 곤란한 문제에 부딪히면 해결책이 있을 거라 믿는 사람과 아침부터 오늘도 누구 때문에 피곤할 것 같고 이러이러한 환경 때문에 힘들 것이라며 시작하는 사람은 삶이 다를 수밖에 없습니다. 주변 환경이 행복과 불행을 결정짓는다면 자신뿐만 아니라 세상에서도 소외된 노예와 같은 존재가 됩니다. 자신이 선택하고 결정하여 책임지며 살아가는 것이야말로 진정 자유롭고 가치 있는 삶 아닐까요? 행복을 즐거운 것으로만 좁게 해석하지 말고, 배려와 사랑, 가치가 있는 일을 위한 시련, 노동의 땀 등도 포함해 넓게 해석해야 합니다. '쥐구멍에도 볕 들 날이 있다'는 희망으로 현재의 어려움을 이겨내는 용기가 있어야 합니다. 내려놓기의 연습의 기본은 행복이 즐거움이고 쾌락이라는 등식을 깨는 것에서 시작해야 합니다.

다른 사람과 환경의 도움을 받는 것도 좋지만 쉽고 즐겁게 살려는데 초점을 맞추면 고통스럽습니다. 쉽고 즐겁게 살려는 것이 나쁜 것이 아니라 그 욕심 때문에 삶을 왜곡하고 비틀며 결국 고통을 겪게 되니 불행한 것이지요. 삶을 대하는 눈을 깊이 통찰해 보는 하루 되었으면 좋겠습니다.

오정   **달항아리...담다**   2021

캔버스, 아크릴, 자개   117×91cm

자신이 가진 것에
만족하고 기뻐하면
행복합니다

> 나는 신발이 없음을 한탄했는데 거리에서 발이 없는 사람을 만났다.
> 데일 카네기

남과 비교하라는 것은 아니지만, 자신이 가진 행복은 모르고 가지지 못한 것에 초점을 맞추면 불만이 넘칩니다. 자신이 가진 것들이 상대에게는 부러움의 대상이 되기도 한다는 사실을 알아야 합니다. 가끔 '호강에 초 치는 소리'라는 말을 씁니다. 어떤 사람이 불만을 털어놓으면 '당신이 하는 불평은 불평거리도 안 된다'고 할 때 쓰이지요. 저도 제가 가진 충분한 행복에 만족 못하고 불만을 터뜨린 적이 많았음을 반성합니다.

욕심이 발전을 가져오기도 하지만 끝이 없어서 그것 때문에 고통을 겪습니다. 저는 사람들에게 약점과 결핍에 초점을 두지 말고 장점과 성장에 더 관심을 가지라고 말합니다. '나는 건강한 두 발이 있다'와 '나는 신발이 없다'는 사실에 대한 서술

敍述은 똑같은 상황을 어떻게 여기는가를 극명克明하게 보여줍니다. 전자는 긍정적 가능성에 초점을 두는데 후자는 부정적인 요소를 강조합니다. 자신이 가진 조건에 감사하고 긍정적 가능성을 찾아가는 사람에게는 행복이라는 선물이 갑니다. 부정적인 측면과 상대적 빈곤과 결핍에 더 많은 관심을 가지면 불행에 빠집니다. 카네기의 예리한 통찰력이 삶을 긍정적으로 보게 하는 계기를 줍니다.

저도 불만을 많이 하고 세상이 불공평하다고 생각한 적이 있었습니다. 이러한 생각은 제 마음을 좀먹고 불행하게 했습니다. 비교를 하지 말고 각자가 충분히 은혜를 받았고 축복받은 존재라는 사실을 알고 서로 나누어야 합니다.

자신이 가진 것에 만족하고 기뻐하며 세상과 나누려 하시나요? 행복은 마음에 달려 있습니다. 자신의 긍정성을 찾아내고 늘 감사하며 베푸는 삶을 사시면 행복은 저절로 오지 않을까요?

오정   **달항아리...담다**   2023

캔버스, 아크릴, 자개, 순금   91×73cm

가난해도 즐거워하는
지혜로운 사람이
되십시오

지혜로운 자는 가난해도 즐거워하고 어리석은 자는 부자라도 걱
정한다.
최치원

진정한 부자는 늘 행복하고 즐거워하는 사람일 것입니다. 많
이 가졌지만 불안해하고 미래를 걱정하며 더 많이 가지려한다
면 여전히 가난한 자입니다. '부자'라는 말은 단순히 물질을 많
이 소유한 사람에 그치지 않습니다. 우리가 부자가 되려는 것
은 즐겁고 행복하게 살려는데 있습니다. 그러기에 어리석은 사
람은 부자이면서도 부자인줄 모릅니다. 만족하지 못하며 물질
을 나누기보다는 지키고 더 재산이 많은 부자가 되려고 걱정합
니다. 탐욕이 그를 지배하여 늘 물질에 목말라합니다. 반면에
나누고 베푸는 사람은 즐겁습니다. 모으는 데만 애쓰는 사람은
늘 채워지지 못한 것을 느끼기에 즐거울 수 없습니다. 물을 먹
어도 여전히 목마르는 소갈증 환자와 같습니다. 마음을 비우고

내려놓기 연습을 통해 탐욕의 근본을 치유하는 마음의 부자가 되었으면 좋겠습니다. 마음이 가난한 사람이 천국의 문에 이르는 것은 탐욕에서 벗어났기 때문입니다. 그러기에 탐욕의 굴레에서 벗어나지 못한 부자들이 천국에 가는 길은 낙타가 바늘구멍에 들어가는 일보다 어려운 것입니다.

요즈음 나라나 개인이나 부자가 되어야 한다며 경제 살리기가 최우선의 슬로건이 되었습니다. 예전에 비해 너무나 풍족하면서도 행복하지 못하면서 여전히 부富가 행복을 가져다줄 것이라는 환상에 취해 분투하고 있습니다. 우리 마음이 어느 순간 물질에 매달려 지혜로운 눈을 잃어버렸습니다. 마음이 돈에 온통 쏠려있기 때문에 다른 귀중한 것을 볼 여유가 없습니다. 지도자들도 국민들에게 거짓말을 밥 먹듯이 하고, 거기에 사로잡힌 국민들은 부자가 된다는 환상에 사로잡혀 속아 넘어갑니다. 왜 풍요롭고 잘사는 나라가 행복지수가 낮은지 신중히 생각해 봐야 합니다. 원칙과 정의가 무너진 곳에서 부는 늘 상대적 빈곤감을 주기에 괴로움과 불행을 줍니다.

제 말씀은 일부러 게으름을 통해 가난해 지라는 얘기가 아닙니다. 세상을 물질적 소유로 판단하지 말고 돈과 물질에 지배당하는 탐욕의 노예가 되지 말라는 얘기입니다. 지혜로운 사람은 세상을 물질로 평가하지 않을 뿐만 아니라 물질 못지않게 정신과 마음의 세계를 중시하고 사람답게 살아가는 정의와 원칙을 존중하기에 불공정한 시비에 휩싸이지 않습니다. '안빈낙도安貧樂道'의 길을 찾아갑니다.

오정   **달항아리...담다**   2023

캔버스, 아크릴, 자개, 순금   27×27cm

세상의 물질적 잣대에 휩쓸리지 않는 가치관을 가지고 계시지요? 최치원 선생이 말씀하신 '가난해도 즐거워하는 지혜로운 사람'이 되고 싶네요. 이를 통해 여러분의 행복지수가 더 높아졌으면 좋겠습니다.

마음이 고귀한
사람이 되세요

> 세상에 천한 일이란 없네. 다만 천한 마음을 가진 사람이 있을 뿐이네.
> 에이브러햄 링컨

학생들에게 들려주었던 천직의 다양한 뜻이 떠올랐습니다. 가장 바람직한 직업은 하늘이 준 소명이 있는 천직天職이며, 적성이 맞는 직업을 구하지 못해 이 직업 저 직업 떠돌며 옮겨 다니는 천직遷職과 자신의 직업을 구차하고 별 볼 일 없다고 여기는 천직賤職은 취하지 말아야 할 직업이라고 가르쳤습니다.

사람들이 자본주의에 빠지면서 돈을 많이 버는 직업이 좋다는 평가를 받습니다. 가치와 의미, 적성과 흥미를 존중하는 것이 아니라 수입으로 평가를 하는 것이 현실이어서 천민賤民자본주의의 노예라고 하지요. 링컨 대통령 말씀의 울림이 가슴을 깊이 찌릅니다. 모든 것을 지위, 명예, 돈이라는 단순한 잣대로 평가하는 천한 마음이 다른 귀한 것을 보지 못하게 합니다. 스스로를 천하게 여기고, 상대까지도 물질로 평가절하 하는 것은 천한 마음을 가진 사람들의 어리석은 소행입니다. 근대적 인간의 탄생은 평등사상이 깔려 있고, 그 평등사상에는 사농공상士農工商의 차별 철폐를 담고 있습니다. 저에게도 가끔은 천한 마음이 일어나서 어리석음을 범하였기에 많이 반성합니다.

천한 일을 하는 사람과 귀한 일을 하는 사람이 나뉜다고 생각하시나요? 아니면 모든 사람이 평등하고 직업에 귀천이 없다고 보시나요? 우리가 이렇게 아름답게 살아가는 이유가 다들 싫어하는 힘들고 어렵고 더러운 곳에서 일하는 분들의 덕이 아닐까요? 저의 천하고 잔인한 마음이 잠시라도 그분들을 깔보았다면 사죄하며 감사의 마음을 드립니다.

오정 · 달항아리...담다(블루오션) · 2022

캔버스, 아크릴, 자개, 순금 · 117×91cm

자신은 성실함으로
남은 넉넉함으로
평가하세요

> 성실함의 잣대로 자신을 평가하라. 그리고 넉넉함의 잣대로 남들
> 을 평가하라.
> 존 미첼 메이슨

관계를 잘하는 법 중의 하나가 자신에게는 엄격한 잣대를 적
용하고 다른 사람에게는 넉넉한 잣대를 대는 것인데 실제 세상
살이는 그렇지 않습니다. 자신의 눈으로 세상을 보기 때문에
상대가 더 바르고 성실해야 한다고 생각하기 쉽습니다. 여러
해 동안 국회 청문회를 보면서 저도 반성하며 제 스스로를 들
여다보았지만, 상대를 평가하는 분들의 내로남불의 이중 잣대
의 마음을 읽으니 편치 않았습니다.

나라를 다스리는 사람의 정직성은 아무리 강조해도 부족하
지만 상대의 변명과 반성적 태도를 한마디로 묵살黙殺하는 것
을 보면 안타깝습니다. 물론 반성하지도 않고 안하무인격으로
질문하는 의원에게 되질문하는 자격 미달의 후보자도 있었습

니다. 완벽하게 결백하고 정직한 사람이 우선 지도자가 되는 것이 순리이긴 합니다만 자신의 입장과는 다르더라도 상대의 입장을 존중하고 들어주며 잘못을 되풀이하지 않고 일을 잘할 수 있는 가능성에 무게를 두는 지도자를 찾는 것이 바람직하다고 생각합니다. 신상身上을 다 털며 찾는다면 수도승이나 거룩한 종교인들이 정치를 해야 할 것입니다. 지도자라면 도덕성이 있으면서 명예욕 없이 일을 잘할 능력이 있고 다른 사람들을 넉넉하게 대할 수 있는가를 먼저 물어야 할 것입니다. 어려운 문제지만 자신을 온전히 다스리고 상대를 적대시하지 않고 연민으로 바라볼 수 있는 지도자가 필요합니다.

자신에게 어떤 잣대를 가지고 계신가요? 저도 실천하기가 어렵습니다만 '나는 성실하고 진실한 사람인가'에 대한 엄격한 평가가 먼저 되어야 합니다. 잘못을 했으면 인정하고 반성과 성찰을 통해 다시는 같은 잘못을 범하지 말아야 한다는 엄격한 자세를 기본으로 갖추어야 할 것입니다. 또한 남에게는 봄바람처럼 관대하고 따뜻함으로 대하고 평가하여 서로 좋은 관계를 통해 평화가 널리 퍼졌으면 합니다.

오정 **달항아리...담다** 2023

캔버스, 아크릴, 자개, 순금 53×46cm

효도는 부모의 마음을 헤아리는 것에서 시작합니다

> 물레를 돌리게 해도 효도일 수 있고, 잔칫상을 차려드려도 불효일 수 있다.
> 유대 격언

자식들은 용돈 잘 챙겨드리고 좋은 옷과 음식을 대접하면 충분히 효도를 했다고 생각하며, 부모님이 뭔가 더 바라는 것이 있으면 속으로 투덜대기도 합니다. 기억은 없지만, 저도 그랬을 수 있습니다. 진정한 효도는 이런 물질적인 보은報恩보다는 부모님의 마음을 헤아리고 존중하는 것이라는 생각이 들었습니다.

잘 사는 형제자매가 있어 부모님을 부족함 없이 봉양하면 효자고, 자신이 효자가 못 되는 것은 가난해서 물질적으로 잘 돕지 못한 것이라는 자본주의적 사고에 빠져있는 것도 사실입니다. 부모님의 입장에서 효를 생각해 본 적이 있는지 돌아보는 계기가 되었습니다. 얼마나 부모님의 뜻을 헤아려 모셨는지 부끄럽습니다. 자식 입장에서 보기에 좋은 것, 남 보기에 창피하지 않게 하는 것에 사로잡혀있지는 않았는지 반성하게 됩니다. 비록 물질적으로 크게 도와드리지 못해도 마음을 편안하게 해 드리는 것이 더 중요할 수도 있으니 잔칫상을 차려드려도 불효일 수 있습니다. 흔히 '고생 많이 하셨으니 이제 편히 쉬세요.'라고 하는데 그것이 유일한 효도 방법은 아니라는 것을 알 것 같습니다. 부모님이 하고 싶은 일이 있으면 따지기 전에 하실 수 있도록 지원하고 응원하는 일이 효도일 수 있습니다. 소외된 존재가 아니라 집안 어른으로서의 의사결정권을 갖고 어려움에도 기꺼이 동참하여 존재감을 느끼게 하는 것도 효도라고 생각했습니다. 저도 자식들이 제 존재감을 인정하고 같이 하자고 할 때, 힘들지만 행복을 느꼈습니다. 같은 배를 탄 가족의 의미를 되새기고 부모님을 인정하며 더불어 살아가는 동반자로 모셔야겠다고 다짐해봅니다.

부모님과 흉금을 터놓고 재밌고 친밀하게 지내시지요? 효도는 부모님의 입장에서 생각하고 마음을 헤아리는 것이 먼저입니다. 단순히 '모셔야 될 대상'으로만 보는 것이 아니라 가족의 주요한 일을 결정하는 중심으로 모시는 것이 중요합니다. 자율적인 존재로서 자기결정력을 발휘하실 기회를 더 만들어드리면 어떨까요?

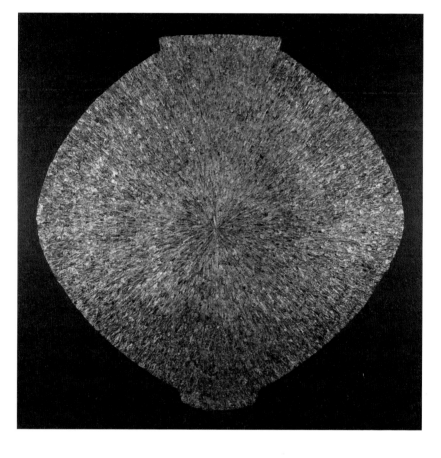

| 오정 | **달항아리...담다** | 2022 |
| | 캔버스, 아크릴, 자개 | 130×130cm |

작은 일이라도 그것이
바르고 선한 일인지를
살펴보고 실천해야 합니다

> 착한 일은 작다 해서 아니 하지 말고, 악한 일은 작다 해도 하지
> 말라.
> **명심보감**

하찮은 일에 대한 가벼운 처신을 경계하는 말입니다. 제 마음을 찌르고 나무라는 말씀이라 읽고 약간 걸립니다. 저도 가끔 '무슨 일 있겠어!', '별일도 아니잖아', '그냥 신경 끄자'는 말을 자주 합니다. 마땅히 해야 할 일을 하지 않고, 하지 말아야 할 일을 하고 말았을 때 변명과 위로 삼아 내뱉는 무의식적인 잔인한 말로, 잘못된 것이지요.

제 경험으로는 일이 주관적 생각에 따라 고무줄처럼 적용되기도 합니다. 좋은 일이면 다른 사람에게 큰 영향을 미치는 고마운 일이 되기도 하고, 나쁜 일일 때는 공정성을 해치거나 상대에게 큰 상처를 주기도 합니다. 일을 착수하고 실행하려고 할 때 옳고 그름과 선악을 살펴보는 것이 무엇보다 중요합니

다. 특히 그 살핌의 과정에서 혼자 판단치 말고 다른 사람에게 묻기도 하여 잘못될 가능성을 줄여야 할 것입니다.

제가 얼마나 다른 사람을 배려하며 마음을 헤아렸던가를 반성하며, 무분별하게 제 잣대로 인해 힘들고 어려움을 당한 분들이 있었다면 그 분들께 용서를 청합니다. 완벽하지 못한 존재이기에 완전하게 모든 판단을 내릴 수는 없습니다만 칸트의 정언명법처럼 적어도 '지켜야 하는 것'과 '상식이 통하는 범주'는 놓치지 말아야 한다고 봅니다. 부끄럽지만 이런 말을 함으로써 부끄럽지 않은 사람이 되어가는 것이 바람직하다는 것이 제 입장입니다.

명심보감의 말을 명심하고 지키셨고 뿌듯하신가요? 혹 저처럼 부끄러운 경험이 있으신가요? 작은 일도 선악과 옳고 그름을 나누고 바르게 실천해서 우리 모두가 서로에게 도움이 되는 빛나는 존재로 살아가면 좋겠습니다.

CHAPTER 10

함께 웃을 수 있는
존재가 됩시다

강동우

빛을 담아내는 광원을 다양한 시선으로 표현해온 조명설치작가 강동우 작가는 홍익대학교 미술대학원 박사수료하고 3회 개인전과 서울 패션위크 및 다수의 무대기획과 미술 감독 역임

필라멘트전구와 형광등, 그리고 LED로 이어지는 강동우 작가의 리드미컬한 빛과 한 겹한 겹 레이어드 시선이, 때로는 나란하게 때로는 엇갈리며 겹쳐지는 시간과 시간 사이 그 어디쯤에서 만나 계속 이어진다. 우리가 빛나던 그 시절, 우리가 마침내 빛나게 될 그 시간, 그 빛 모두가 지금의 우리들 안에서 이어지고 있다고. 강동우 작가는 어느새 지나간 과거의 시간들과 아직 오지 않은 앞으로의 시간을 현재를 비추는 빛의 변화를 통해 이야기하고자 하며, 순간순간 이어지는 지금의 시간 어디쯤을 함께 들여다봐 줄 것을 제안한다.

강동우	풀꽃무늬 수막새	2023
	Steel, Korean paper, optical acid PC, medium-density	45×55cm

함께 웃을 수 있는
존재가 됩시다

> 함께 웃을 수 있다는 것은 함께 일할 수 있다는 것을 뜻한다.
> 로버트 오벤

　서로 마주보며 다정한 미소를 짓고 있다고 상상해 보세요. 상상만으로도 즐겁고 행복하지 않은가요? 이런 사람하고 같이 일한다면 당연히 기쁘겠지요. 마주보며 웃는다는 것은 천 마디의 말보다 더 강하게 상대를 인정한다는 표현입니다. 여러분도 좋은 사람이 나타나면 저절로 반가운 웃음이 나오지요?

　오벤의 글을 읽으면서 좋은 사람을 생각하고 미소 짓고, 처음 만나는 사람에게도 웃음을 드리는 하루를 만들어야겠다고 결심했습니다. 여러분도 그런 대상이 있으시죠? '행복하기 때문에 웃는 것이 아니라 웃기 때문에 행복하다'는 것처럼 웃음을 주고받는 것은 큰 행복에너지를 주고받는 것입니다. 웃음으로 행복의 에너지를 주고받는다면 직장에서 서로에게 웃음을 던지는 것이야말로 조직을 좋은 에너지로 넘치게 할 것입니다. 맑고 순수한 웃음은 어린이의 몫이지만 자애롭고 따뜻한 웃음은 어른들의 몫이라 봅니다. 저는 '나이 들어 자기 얼굴에 책임을 져라'가 아니라 '자신의 웃음에 책임을 져라'고 말하고 싶습니다. 웃음이 자애로운 분들과 함께하며 그분들과 세상을 따뜻하고 행복이 넘치는 곳으로 만들어 가고 싶습니다.

좋은 생각으로 웃음 한번 짓고 하루를 시작해 보실까요? 당신의 좋은 에너지를 만나는 분들께 나누어주실 거지요? 저는 넉넉하고 따뜻한 미소를 글에 담아 여러분께 드립니다.

강동우   **미래로 가는 문**   2023

Acryl, light-emitting diode   240×90×10cm

타인의 좋은 점을
말하는 군자가
되세요

> 군자는 타인의 좋은 점을 말하고 악한 점을 말하지 않는다. 반대로 소인은 타인의 좋은 점을 말하지 않고 악한 점만 말한다.
> 공자

　당연한 말임에도 불구하고 잘 지켜지지 않는 생활습관 같은 태도입니다. 다른 사람의 좋은 점을 보는 사람은 마음이 곱기 때문이겠지요? 마음이 착한 사람은 자신에게 익숙하지 않은 나쁜 점과 악한 점을 보지 못합니다. 반대로 나쁜 사람은 다른 사람의 나쁜 점을 먼저 느끼기 때문에 나쁜 기억이 우선 떠오릅니다. 그러기에 군자는 타인의 좋은 점을 말하고 소인은 타인의 나쁜 점을 말하는 것입니다. 무학대사와 태조 이성계의 대화가 생각납니다. 돼지 눈에는 돼지가 보이고 부처님의 눈에는 부처님이 보이는 법입니다.

　세상을 보는 인식에 따라 삶의 태도가 결정됩니다. 저는 말하는 습관을 보며 상대방을 판단합니다. 말은 가슴을 파고들어

슬프게, 기쁘게, 화나게, 행복하게, 우울하게, 절망스럽게 합니다. 즐거운 말을 전해주는 사람은 행복한 기운이 나와 기쁨을 주지만 나쁜 말을 퍼뜨리는 사람은 삿된 기운으로 마음을 오염시킵니다. 제 주위에도 향기로운 말을 자주 전하는 사람이 있는가 하면, 만나자마자 흉을 보는 악취가 나는 잔인한 말을 전하는 사람도 있습니다. 전자를 만나면 덩달아 행복한데, 후자를 만나면 어떻게 하면 빨리 자리를 피할까 궁리합니다. 군자와 소인에 대한 이야기는 이해관계에서 벗어나 마음이 맑아야 군자가 된다고 암시합니다. 좋은 말과 나쁜 말은 이해관계의 결과입니다. 군자는 이해관계를 따지지 않기에 마음이 맑아 상대의 좋은 점을 말한다는 것입니다. 이는 평화로운 공동체를 형성하는 바탕입니다. 그러나 소인은 이해관계가 맞을 때는 좋은 말을 하지만 다를 때는 나쁜 말로 분열과 갈등을 부추깁니다. 편 가르기와 분열은 이때 생깁니다.

어떠신가요? 저는 좋은 말을 하는 분과 더불어 행복하게 살고 싶네요. 남을 흉보고, 나쁜 말을 하는 사람과 사는 것은 지옥과 같았습니다. 그들에 동조하지 않는다고 욕도 얻어먹었습니다. 동조하지 않는 저를 다른 곳에서 흉을 볼 것을 생각하면 더욱 가슴이 아픕니다. 좋은 점을 말하는 아름다운 군자공동체에서 살고 싶습니다.

강동우   **눈내리는 한옥 풍경**   2023

Polyethylene, korean paper,   45×55cm
medium-density fiberboard, light-emitting diode

첫인상과 겉모습으로만
판단하지 마세요

> 겉모습만 보고 판단하지 말 것 첫인상이 중요하긴 하지만 그 중요
> 성에 비해 그 정확성은 신뢰할 만 하지 않다.
> 이드리스 샤흐

첫인상은 참 중요합니다. 첫인상은 어떤 사람을 판단하는 고
정적 시각이 되기 쉽고 그 시각은 자신의 상대에 대한 해석적
편의를 위해 쉽게 바뀌지 않기 때문입니다. 자기 자신의 입장
에서는 상대방에게 좋은 첫인상을 주기 위해 최선을 다해야 하
지만 상대방의 입장에서 보면 최선을 다하는 것에 거짓과 위선,
은폐 및 과장이 들여갈 여지도 있습니다. 그러기에 전부 다는
아니지만 겉모습으로만 판단하는 첫인상의 정확성은 신뢰가
떨어질 수 있습니다. 특히 자신의 입장에서 유리한 긍정적인 측
면만으로 해석하는 경우는 더욱이 편견이 끼어들 여지가 많으
니 경계해야 합니다. 상대를 무조건 비판적인 관점에서 보라는
것은 아니지만 자신에게 유리한 해석에서는 그럴만한 이유가

있는가를 잠시 마음을 내려놓고 들여다 볼 필요가 있습니다.

　발타자르 그라시안도 '첫인상에 좌우되지 마라. 거짓은 늘 앞서 오는 법이고 진실은 뒤따르는 법이다.'라고 표현합니다. 모든 섣부른 판단에는 이미 학습을 받은 선입견과 편견들에 자신이 기대하는 욕구와 함께 내재되어 있는 경우가 많습니다. 저의 경우에도 상대가 저의 기분을 들뜨게 하는 좋은 측면이나 비위에 맞는 이야기를 하면 어느새 그 사람을 좋게 판단하고 평가하는 경향이 있습니다. 상대방이 저에게 얻고자 하는 것이 무엇인가를 도외시하고 저에 대한 좋은 평가에 집착하여 제대로 상대방을 보지 못하는 오류를 범합니다. 반대의 경우도 있지요. 지금은 아니지만 제가 상대방에게 좋은 첫인상을 주기위해 제가 가지고 있는 역량 이상을 과시하고 베풀어 호감을 얻고자 하는 위선과 거짓을 보여주는 경우가 있었습니다. 많은 반성을 합니다. 이럴 경우 십중팔구는 처음에는 없어서는 안 되는 둘도 없는 가장 소중한 관계가 되었다가 나중에는 만나지 말았어야 할 불편한 관계가 되어 헤어지게 됩니다. 이런 관계는 욕구가 이미 채워졌거나, 큰 노력에도 욕구가 채워지지 않을 경우 초지일관된 한결같은 관계 형성이 어렵기 때문입니다. 순수하지 못한 수단적 관계란 이런 것을 지칭합니다. 자신의 마음에 증오의 대상이 있다는 것이 얼마나 불행한 일입니까! 상대방에 대한 섣부른 판단에 근거한 첫인상보다는 좀 더 여유를 갖고 자신의 내면의 욕구와 오염을 제거하고 자신의 마음을 내려놓는 순수함으로 상대방을 지긋이 바라보시기 바랍니다.

'오래된 장맛' 과 '진국'의 비유처럼 얄팍한 첫인상보다 한결같은 사람의 소중함을 기억하시기 바랍니다.

여러분은 어떠신가요? 상대에게 첫인상을 잘 심어주기 위해 무리한 노력을 하신 적은 없는지요? 또는 상대의 아첨과 과장에 현혹되어 판단이 흐려진 적은 없었는지요? 이런 이해관계적인 요인으로 인해 서로의 관계가 소홀하거나 악화된 적은 없었는지요? 첫인상이 중요하지만 정확하지 않고 거짓이 있을 수 있으며 진실을 알기 위해서는 자신의 오염되지 않는 내려놓기 연습을 통한 내면의 성찰 과정을 위한 시간의 여유와 느긋함이 요청된다는 사실을 명심하세요.

강동우　　　**올빛**　　　　　　　　　　　2020

　　　　　　Steel, barisol, light-emitting diode　　　60×120cm

당신에게 영혼의 평화와
행복을 원하면 믿음을,
진리를 원하면 질문하세요

> 만약 네가 영혼의 평화와 행복을 원한다면, 믿어라. 다만 네가 진
> 리의 사도가 되려 한다면, 질문해라.
> **프리드리히 니체**

참 멋진 표현입니다. 믿음이 있는 사람에게는 영혼의 평화와 행복이 있습니다. 신앙의 차원에서 절대자에 대한 믿음은 물론이고 사람의 관계에서 믿음이 있는 한 우리에게 가져다주는 선물은 당연히 영혼과 마음의 평화와 안녕 및 그로인한 행복일 겁니다. 그러나 영원불변한 보편적 진리를 탐구하는 자는 소크라테스처럼 끊임없는 질문이 요청됩니다.

그냥 무조건적 믿음은 평화와 안식을 줍니다. 신앙과 사람끼리 관계의 차원에서는 믿음이 있다는 그 자체로 의심을 가지지 않고 마음을 평화롭게 유지하기 때문입니다. 그러나 이성과 합리적 차원에서 세상에서 변하지 않는 영원한 보편적 진리를 찾는 일은 엄청난 고난의 길입니다. 장소와 시간과 사람들의 모

든 변수가 일치하는 보편적으로 합의하고 동의하는 진리를 찾기란 쉽지 않습니다. 입장과 견해의 차이로 인한 대립과 갈등은 항시 존재할 것입니다. 어떤 대상이든 다른 관점에 대한 서로의 모순으로 인한 한계와 문제점에 대해 끊임없는 질문이 요청됩니다. 이것이 진리를 탐구하는 사람의 기본자세입니다. 자신의 주장과 관점을 내려놓고 다른 주장과 입장을 수용하며 다른 한편으로는 비판하면서 더 본질적이고 보편적인 불변의 진리를 탐구하기 위해 끊임없이 질문하는 자세는 절대적으로 필요한 요소입니다.

여러분은 어떠신가요? 끝까지 믿고 신뢰하며 영혼의 평화와 행복을 얻으셨는지요? 또한 끝까지 끊임없이 질문하는 진리의 사도라고 생각하시는지요? 부끄럽지만 저는 신앙에서는 믿음을 으뜸으로 삼고, 학문에는 끊임없는 질문을 통해 진리를 탐구해야 한다는 것을 모토로 삼고 있습니다. 다른 사람의 믿음을 존중해주어야 하며 자신의 생각과 질문의 오류 가능성을 인정하는 자세가 필요합니다. 신앙과 관계 차원의 믿음은 상호 간 믿음 그 자체로 각각의 입장을 존중해 주어야 합니다. 그러나 진리 탐구의 차원에서는 자신뿐만 아니라 다른 사람의 관점을 서로 존중하고 받아야 하지만 상호 간 모순이 있을 것입니다. 그러기에 우리에게 끊임없는 질문을 통해 진리들 탐구할 수 있다는 자신감이 있어야 합니다.

강동우   **일장춘맨**   2023

Steel, optical acid PC, medium-density fiberboard,   33×33cm
light-emitting diode

말보다 실천하는 성실성이
더 크게 사람을
움직입니다

좋은 말이 모자라서 세상이 이 모양인가? 부처님과 다른 옛 성현
들이 넘칠 만큼 좋은 말씀들을 해 놓았지 않는가? 하나라도 실천
해야지.
서암스님

도제 스님 덕분에 방문한 원적사의 주지 덕유 큰스님이 쌀강
정과 함께 선물해 주신 서암 스님 시자들이 엮은 「소리 없는 소
리」에서 윗글을 읽으며 글을 쓰는 사람으로서 제 자신을 돌아
보았습니다. 성실한 실천의 대명사인 벤저민 프랭클린도 '백 권
에 쓰인 말보다 한 가지 성실한 마음이 더 크게 사람을 움직인
다.'는 말과 행동으로 가르침을 주었습니다. 글이 생명력이 있
는 것은 그 글을 쓴 사람이 실천하고 옮겼을 때입니다. 저 사람
은 '글과 하는 행동은 영 딴판이야.' 라고 말을 듣는다면 그것은
진실함을 담은 온전한 글이 아니라 헛된 쓸모없는 글일 것입니
다. 원적사에서 서암 스님의 삶에 대해 들으면서 앎과 삶이 일치
한 분이었다는 것에 깊은 감명을 받았습니다. 옛 성현들이 항시

글과 행동의 일치를 강조하고 오히려 행동하고 남은 힘이 있으면 공부하고 글을 쓰라는 말을 하신 이유를 새삼 깨닫게 됩니다.

어떤 것이든 좋은 생각과 글은 실천해야 하지만 실천해 옮긴다는 것은 결코 쉬운 일이 아닙니다. 사람의 마음이 한결같지 않고 상황도 변하며 행동에 옮기는 데 의도하지 않은 장애물이 나타나 실행을 어렵게 만들기도 하기 때문입니다. 그러기에 책임이 있는 글을 쓰기 위해서는 많은 그 실천가능성에 대한 많은 고뇌의 과정을 거쳐야 합니다. 글의 힘이란 글의 뜻이 행동으로 옮겨졌을 때 빛을 발하는 것입니다. 저도 글에 대한 책임감 때문에 늘 마음에 새기며 신경을 많이 씁니다. 지금까지의 삶을 되돌아보면 말과 글에 책임을 지지 못하고 얼렁뚱땅 넘어간 적도 많았던 것 같습니다. 많은 반성을 합니다. 글을 쓴다는 것에 무거운 책임을 느끼겠습니다. 글로서 자신을 현학하거나 과장하여 나타내지 않고 성실한 삶으로 자신을 드러내는 그런 사람이 되어야겠습니다. 그러나 한 가지 분명한 것은 글을 씀으로서 저의 마음을 다지는 반성과 성찰로 거듭나는 계기가 된다는 것은 사실입니다.

어떠신가요? 실천을 염두에 두고 글을 쓰시나요? 아니면 글 따로 실천 따로 인가요? 전자가 많으리라 생각합니다만 말과 글을 앞세우는 것보다는 성실한 실천을 앞세우는 삶이 더 바람직하고 훌륭합니다. 오늘 하루도 저의 말과 글을 되돌아 보며 글과 행동이 다르지 않게 실천궁행하는 약속을 지키는 사람이 되도록 힘쓰겠습니다.

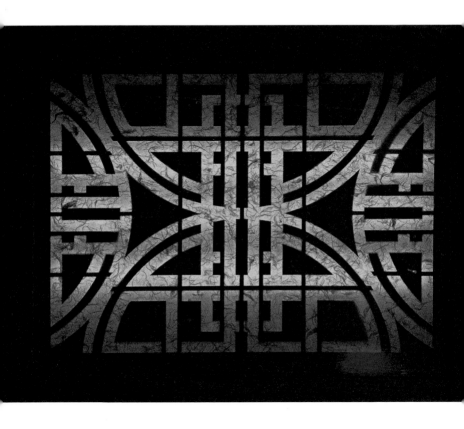

강동우   **창호위에 완자살**   2023

Steel, korean paper, optical acid PC,   45×55cm
medium-density fiberboard, light-emitting diode

신뢰받고 신뢰하는
사람이 되십시오

> 아무도 신뢰하지 않는 자는 누구의 신뢰도 받지 못한다.
> 제롬 브래트너

사실 저는 다른 사람을 의심하지 않는 장점이 있습니다. 그것은 제가 편하기 위한 방편이기도 하지만 제가 남을 이용하고 그것을 기반으로 어떤 것을 하려고 생각해 본 적이 없기 때문입니다. 어떤 일을 하려고 할 때 우선 제가 잘해 낼 수 있을까 하는 것을 우선 고민합니다. 진정으로 제가 하고 싶고 좋아하는 일인가에 우선 고민을 합니다. 어떤 사람에 빌붙거나 상대방을 이용하여 어떤 일을 도모하지 않습니다. 사람간의 신뢰는 이해관계 때문에 깨집니다. 처음에 생각한 자신의 의도와 다르면 그 사람 변했다, 믿을 수 없다고 말합니다. 혹시 이런 마음이 일어나면 저는 저의 내면의 욕구를 들여다봅니다. 잠시 생각을 멈추고 내려놓기 연습을 합니다. 그러면 상대도 제가 생각하는 기대와 또 다른 욕구가 있는 존재라는 점에서 상대를 이해하게 됩니다.

남을 잘 믿지 않는 사람은 자신이 남을 많이 속였거나 남에게 많은 속임과 이용을 당한 사람일 경우입니다. 신뢰는 자신의 존재가치에 대한 가장 근원적인 문제입니다. 자신이 스스로에게 소중한 존재임을 아는 것이 가장 중요한 일입니다. 그런데 세상을 살다보니 자신과 상대방을 보는 입상이 너무도 다르다는 것을 알았습니다. 자신과 상대방에게 기대하는 욕구가 다르기 때문에 나타나는 것이 상대에 대한 불신입니다. 그러기에 자기 자신이 상대방을 신뢰하지 않으면 자기 자신이 상대방에게 어떤 기대와 욕구를 가졌는가를 들여다보는 지혜가 필요합니다. 자기 자신에 대한 굳건한 신뢰가 먼저 필요합니다. 자신의 문제는 남이 해결해 주는 것이 아니라 자신만이 실마리를 풀 수 있다는 확고한 신념이 있다면 누구든지 신뢰하는 삶의 파트너가 될 수 있습니다. 아무도 신뢰하지 않는 자는 자신의 결핍된 욕구를 드러내고 그것이 무엇보다 우선하여 채워져야 한다고 할 것입니다. 그 욕구가 채워지지 않으면 상대를 비난할 것입니다. 당연히 그 욕구를 본 상대도 그 상대를 신뢰하지 않을 것입니다.

상대방을 어떻게 신뢰하시나요? 처음에는 신뢰했는데 나중에는 신뢰하지 않는 경우가 많으신가요? 아니면 처음부터 신뢰하지 않고 경계하시나요? 여러분 자신의 내면의 욕구와 상대방에게 어떤 기대를 가졌는지를 먼저 들여다봅시다. 이런 과

강동우   **암막새와 수막새**   2023

Acryl, korean paper, medium-density fiberboard, light-emitting diode   45×55cm

정이 내려놓기 연습 과정입니다. 어떤 욕구와 기대가 없어야
상대에 대한 신뢰는 계속됩니다. 그리고 상대방도 기대와 욕구
가 있다는 사실을 명심하십시오.

친구에게 먼저
소중한 친구가 되세요

세상에는 다양한 친구가 있습니다. 그런데 진정으로 중요한 것은 나는 지금 그 친구에게 어떤 친구이고 어떤 친구가 될 수 있는가를 되돌아봐야 합니다.
송준석

친구의 종류는 참으로 다양합니다. 사마천의 계명우기에는 적우賊友. 일우昵友, 밀우密友, 외우畏友 네 종류의 친구가 나옵니다. 적우는 이익을 위해 친구를 사귀기에 친구가 자신의 이익에 도움이 되지 않으면 관계를 멀리하는 친구를 말합니다. 일우는 즐겁게 놀기 위해 사귀는 친구라 여유가 없거나 놀거리나 즐길거리가 없어지면 관계가 없어지는 친구입니다. 밀우는 서로에게 자신의 비밀을 털어 놓으며 서로의 비밀을 지켜주며 서로의 어려움을 나누고 도와주는 막역한 사이로 친밀한 친구입니다. 외우는 서로를 경외하는 친구로 서로를 공경하면서 올바른 삶에 대해 이야기하는 도와 덕을 함께 닦는 친구를 지칭합니다. 이해관계를 추구하는 적우나 일우보다는 서로에게 온 마음을 다하는 밀우와 외우를 진정한 친구라 합니다.

　사실 친구는 친구 그 자체로 아름답고 좋은 것이지만 친한 척 하면서 속마음을 숨기고 사이가 좋고 상대가 형편이 좋을 때는 세상을 다 줄 듯이 찬사를 아끼지 않다가 자신에게 이익이 사라지면 멀리하는 안팎이 다른 잔인한 친구들이 많기에 서글픕니다. 그런데 상대하는 친구를 평가하는 것도 중요하지만 자기 자신이 친구를 대하는 자세를 성찰하는 것이 먼저여야 하지 않을까 생각합니다. 나는 어떤 친구인가를 내려놓기 연습을 통해 바라보아야 합니다. 소극적으로는 친구의 어려움에 동감하고 그 어려움을 함께 동참하여 이겨낼 수 있도록 기꺼이 도움을 주는지? 친구의 성공에 시기와 질투하지 않고 진심으로 기뻐하는지 마음을 점검하여야 합니다. 또한 적극적으로는 내가 늘 친구에게 언제라도 편안하고 마음 든든한 안식처 역할을 하고 있는지? 항시 기쁨을 함께 하며 친구를 지지하고 성장하도록 도와주는지를 경계하며 살펴야 합니다.

　더 중요한 것은 친구는 혼자의 마음으로도 가능하겠지만 둘의 마음이 화음처럼 조화롭게 어울려야 가능한 법입니다. 백아佰牙와 종자기鍾子期의 고사에서 비롯된 지음知音이 떠오릅니다. 조화로움은 상대를 이해를 바탕으로 사랑하고 존경할 때 가능합니다. 그러기에 쓴 소리도 좋은 소리만큼 마음에 섭섭함을 담지 않고 흔쾌히 즐겁게 들어주고 받아주었을 때 진정한 친구라 이를 수 있습니다. 여러분들도 살아가면서 친구가 필요하고 소중한 존재이고 생의 활력을 주는 동반자라는 것은 알겁니다.

나이가 들수록 욕심이지만 친구란 아리스토텔레스가 '두 개의 육체에 깃든 하나의 영혼'이라고 한 말처럼 서로를 자신의 마음처럼 이해하고 진실하게 소통할 친구, 즉 시공간에 상관없이 누구보다 나를 가장 잘 알아주는 친한 지기지우知己之友가 필요함을 더 절실히 느낍니다. 그런데 더 중요한 것은 "좋은 친구를 만나려면 먼저 나 자신이 좋은 친구감이 되어야 한다. 왜냐하면 친구란 내 부름에 대한 응답이기 때문이다."라는 법정 스님의 말씀처럼 자기 자신이 상대에게 소중한 친구가 될 수 있는지를 되돌아보면 좋겠습니다.

CHAPTER 11

진정한 희망은
자신을 신뢰하는 것에서
시작합니다

조영대

모란디 GiorgioMorrand, 1890~1964의 작품을 통해 많은 공부를 했습니다. 단(빛과 색을 최소화한) 색을 통해 자연스럽게 선을 형성하고 명암으로 조형의 아름다움을 표현하는 예술세계 매료되었습니다. 서양화가지만 동양의 여백의 미와 여유 그리고 감성을 표현해내는 능력에 감동을 받았습니다. 어머니의 보자기에는 그로부터 배운 자연스러운 선화 조화로운 색이 어머니의 정성과 사랑으로 담겨 있습니다. 어머니의 보자기에는 저와 어머니의 관계와 그 아름다운 추억이 담겨 있습니다. 계속되는 공간 탐구와 어머니의 보자기는 또 다른 신으로 저를 안내했습니다. 공간에서의 선은 다른 선들과 자연스럽게 연결되어 아름다운 공간을 형성합니다. 선에는 색들이 빛으로 스며들어 울림을 갖게 됩니다.

국립현대미술관 미술은행, 전북도립미술관, 한국은행, 기업은행, 연금공단 등 작품이 소장, 개인전 25회, 한국구상미술대전, KIAF 한국국제아트페어, 한국화랑미술제 등 다수의 국내외 단체전과 아트페어 참여

| 조영대 | **어머니의 보자기 (선)** | 2023 |
| | Oil on canvas | 65×65cm |

진정한 희망은
자신을 신뢰하는 것에서
시작합니다

진정한 희망이란 바로 자신을 신뢰하는 것이다.
쇼펜하우어

칼미아라는 꽃의 꽃말이 커다란 희망입니다. 매일 받는 오늘의 꽃과 말씀에서 얻은 정보입니다. 성서(데살로니카2서2:16)에서는 하느님과 예수님께서 우리를 사랑하시고 당신의 은총으로 영원한 격려와 좋은 희망을 주신다는 말씀이 나옵니다. 하느님을 믿는 기독교의 신앙 차원에서는 주님의 사랑과 은총이 거룩한 희망이겠지만 불교에서는 성불하여 부처님이 될 수 있다는 것이 희망이 될 것이고 무신론자들은 자신의 의지대로 바라던 꿈을 이룰 것이라는 것이 희망일 것입니다. 믿음의 차이에도 불구하고 지상에서의 모든 사람에게 희망의 시작은 자신을 신뢰하는 것에서 시작됩니다.

자기 자신을 신뢰하고 열심히 노력하다 보면 구원을 받거나,

부처님이 되거나 또는 세속적인 성공을 이룰 것이라는 희망은 바로 자신을 신뢰하는 것에서 출발한다는 것입니다. 특히 염세주의자였던 쇼펜하우어조차도 자신을 신뢰하는 일을 진정한 희망으로 본 것은 자신을 신뢰하는 일이 쉬운 일이 아님을 직감할 수 있습니다. 여러분 스스로에게 자신을 얼마나 신뢰하고 있는지 물어보십시오. 사실 자신에 대한 신뢰는 양육자인 부모님과 부모님 같은 분이 지속적으로 자신을 귀하게 믿어주고 사랑하며 보호해 주었을 때 형성되어지는 친밀감이 바로 신뢰입니다.

자신을 신뢰하게 되면 모든 문제를 대하는 태도에서 자신감이 생깁니다. 그러니 당연히 용감하게 도전하고 희망을 향해 다가갈 수 있습니다. 실패를 해도 두렵지 않습니다. 지금까지 자신을 지속적으로 사랑하고 보호해 준 신뢰하는 분이 계시기에 자신도 '나는 할 수 있다'고 더불어 기운을 내고 절망과 좌절의 늪에서 헤쳐 나올 수 있습니다. 이것이 자신을 신뢰하는 기틀을 형성하는 것입니다. 자신을 신뢰하시나요? 자신을 신뢰하는 것이 진정한 희망의 출발임을 명심하세요.

조영대 **어머니의 보자기** 2022
Oil on canvas 32×32cm

진정한 관계란 상대를
수용했을 때 집착에서
해방되는 관계입니다

어떤 사람을 인정하고 수용했을 때 어떤 생각이나 정서적 반응이 일어나지 않을 때 비로소 진정한 관계가 형성되었다고 볼 수 있습니다.
송준석

　진정한 사람의 관계에는 두려움과 애착이 없다고 생각합니다. 자아의 집착에서 벗어나 무념무상의 상태가 되었을 때 비로소 진정으로 서로에게서 해방되는 평화를 느낍니다. 평화란 어떤 것에도 흔들리지 않는 마음의 평정을 의미하며 더 이상의 말이 필요 없는 염화미소적 관계를 형성합니다. 우리 관계의 참모습은 평화 그 자체입니다. 평화로운 참 관계의 형성은 작은 자아에서 더 큰 자아로 자연스럽게 변화되어 형성됩니다. 제가 생각하는 진정한 관계는 집착에서 해방되는 평화로운 관계입니다.

조영대 **정물** 2022
Oil on canvas 103×103cm

감정을 놓아 버리면
그것과 결부된 생각에서
해방됩니다

> 감정은 기억과 함께 간다. 감정이 쌓여 생긴 압력으로 인해 생각이
> 일어난다.
> 데이비드 호킨스

그레이·라비올렛Gray-Laviolette의 연구에 의하면 생각과 기억은 감정의 분위기에 맞추어 정리된다는 것을 입증했습니다.(1981) 따라서 감정에서 벗어나 감정을 놓아버리면 그것과 결부된 모든 생각에서 해방됩니다. 일상에서의 부정적인 감정에서 벗어나는 일은 세상의 갈등과 기대의 욕심에서 벗어나 자유로워집니다.

내려놓는 일은 바로 이런 것입니다. 불교에서 말하는 집착으로부터의 해방입니다. 마음속의 압박으로의 해방인 것입니다. 주위에 있는 사람들과 다투고 나서 설사 이겼다 하더라도 마음이 편하지는 않으셨을 겁니다. 그 사람과의 관계만 서먹서먹해지고 소원해져서 그 사람과의 관계까지 깨지는 경우도 많았을

겁니다. 저도 그런 경험을 했습니다. 저의 어머님이 말씀하신 '지는 것이 이기는 것이다.'라는 말이 떠오릅니다. 저에게 상대에게 진다는 것은 상대와 다투어 이기려 애쓰지 말고 이기려는 압박에서 벗어나서 내려놓으라는 말로 이해하고 해석했습니다. 결국 순간의 감정의 노예 즉 부정적 감정에서 벗어나 마음의 평정을 찾고 평화를 누릴 수 있으니까요.

여러분도 오늘 하루 내려놓기 연습으로 묵상하며 어떤 경우에 감정이 상하여 마음의 평화가 무너졌는지를 살펴보면 좋겠습니다. 마음의 평화를 빕니다.

조영대 **어머니의 보자기** (선)   2023
Oil on canvas   35×24cm

언어는
마음의 씨앗입니다

| 언어는 마음의 씨앗입니다.
| 송준석

　진실하고 온전하게 자신의 마음을 표현하고 나타낼 수 있다
는 것은 축복입니다. 참다운 것, 진실한 것을 찾는 일에 우선하
는 것이 모든 선입견이나 편견에서 벗어나 사물이나 관계를 똑
바로 볼 수 있어야 합니다. 불교에서 말하는 정견正見의 시작이
요, 기독교에서 말하는 순수한 믿음의 시작이라 볼 수 있습니
다. 이런 과정을 통해 얻은 깨우침을 상대에게 전하는 매체가
바로 말입니다. 그래서 불교에서 정어正語라는 표현이 있습니
다. 바른 말은 바르게 본 것을 바른 마음을 가지고 전하는 것입
니다.

　한편 인간은 언어적 동물로서 사물을 다섯 가지 감각으로만
보고 느끼고 생각하는 것이 아니라 언어 자체로도 생각을 하기

때문에 언어가 진리를 탐구하는 원천이 되기도 한다는 것을 알아야 합니다. 언어의 분석이 하나의 말장난으로 끝나는 것이 아니라 사유의 매체이기에 마음을 바로잡는 기반이 되는 것입니다. 그러기에 언어에는 사물의 존재의 모습과 인식의 체계를 비롯하여 마음을 표현하는 인격까지 담겨있으니 마음의 씨앗이라 볼 수 있습니다.

어떤 사람이 쓰는 말을 살펴보면 그 사람의 생각과 느낌과 사유체계를 비롯하며 세계관을 포함한 인격이 담겨있음을 알 수 있습니다. 그러니 어렸을 때부터 아름답고 신중하게 언어를 사용하도록 배우고 익히며, 또 상대에게 가르치는 일은 마음의 씨앗을 자라게 하는 위대한 일입니다. 언어는 자신의 마음을 표현하는 것입니다. 자신이 쓰는 말을 살피면 자신의 마음을 들여다 볼 수 있습니다.

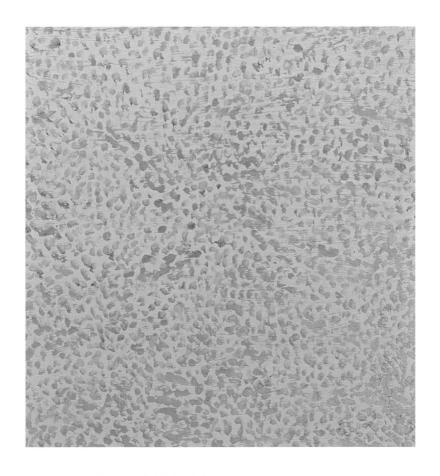

조영대   **어머니의 보자기**   2022

Oil on canvas   32×32cm

상대방을 존중하고
다름을 인정하며 수용하면
평화롭습니다

> 이 세상에서의 평화를 위해서는 나와 다른 존재인 상대방을 존중
> 하며 자신과 상대방의 다름을 인정하고 수용하는 것입니다.
> 송준석

상대방을 존중한다는 것은 상대를 있는 그대로 봐준다는 것입니다. 그런데 사람들은 분별과 판단을 통해 상대방의 마음의 평화와는 상관없이 상대방을 위한 것이며 충분히 존중했다고 합니다. 이는 약육강식에 의한 패권주의적 지배 방식일 뿐입니다. 그러나 사실 존중의 출발은 다름을 인정하는 것입니다. 세상의 모든 사람들은 남녀노소, 나이, 피부색을 비롯한 신체적인 겉모습에서부터 정서, 인지, 행동의 방식, 등이 다 다릅니다. 그래서 다름을 수용하는 것이 우선 되어야 갈등을 피할 수 있습니다. 세상에서 홀로 사는 것은 불가능에 가깝습니다. 다른 사람들과 함께 살아야 하며 세상의 모든 일은 서로 연결되어 있습니다. 다름 때문에 갈등에 노출될 가능성과 문제를 일으킬

가능성에 노출되어 있습니다.

서로가 행복하기 위해서는 세상이 평화로워야 합니다. 그래서 버트란트 러셀은 「행복의 정복」에서 자기 자신의 기쁨이 세상의 평온과 평화와 합치할 때 행복할 수 있다고 말합니다. 이를 위해 필요한 것이 이 시대에 같이 산다는 것이 불교의 용어로 공업共業으로 우리 각자의 삶이 자신뿐만 아니라 서로의 삶에 관여됨을 알아야 합니다. 공동운명체. 세계일화世界─花라는 말도 얽혀있는 삶과 그 책임감을 말하는 것입니다. 예수님께서도 병자와 힘든 자와 가난한 사람과 함께 하시고 네 이웃을 사랑하라고 하시는 것은 이 공동체의 안녕과 평화를 중요시 하시는 것입니다. 강자가 평화라는 이름으로 약자를 지배하는 것이 아니라 각자의 다름을 받아들이면서 자신의 선택이 공동체의 이익과 어긋나지 않는 진정한 평화가 절실합니다.

서로를 존중하고 다름을 수용하는 평화를 통해 작게는 가족공동체에서 크게는 지구시민으로서 우리 모두 평화롭게 공존하는 아름다운 세상이 되었으면 좋겠습니다.

조영대   **정물**   2020

Oil on canvas   32×42cm

진정한 식구란 밥만 아니라
밥 속에 담겨있는 마음과 영혼을
나누는 것입니다

진정한 식구란 단순히 물질로서 밥을 함께 먹는 것이 아니라 그 밥 속에 담겨있는 사랑, 정성, 즐거움, 행복, 기쁨, 노고, 슬픔, 걱정, 근심 등의 마음과 신비한 영혼을 함께 나누는 것입니다.
송준석

성당에서 신부님의 미사 강론에서도 비슷한 이야기를 들었습니다. 왜 가족들끼리 자주 밥을 모여서 먹어야 하는지를 생각게 합니다. 식구는 단순히 밥을 먹는 가족을 지칭하는 것이 아닙니다. 같이 밥을 먹는 의식 속에는 밥에 담겨있는 수많은 노고와 정성에 감사하며 가족들이 밥이라는 매개로 서로 진솔하게 소통하는 장이 포함된 거룩함이 포함되어 있습니다.

성당에서 미사 중에 그리스도의 몸인 성체를 신자들과 나누고, 개신교에서 예배 후 같이 모여서 교인끼리 식사를 하는 것, 불교에서 예불 후 대중들과 공양을 나누는 일은 음식을 통해 물질을 나누는 것뿐만 아니라 마음과 영혼을 같이 나누는 공동체의 신성한 의식이라는 것을 알아야 합니다. 그러기에 그 나눔의 과정에서 남의 흉을 보거나 비난하거나 욕보이는 행위는 하지 말아야 합니다. 그것은 신성모독일 뿐만 아니라 자신의 영혼을 병들게 하는 일입니다.

　가족들끼리 식사는 자주 하시는지요? 밥을 나누며 주로 무슨 이야기를 정겹게 나누시는지요? 혹시 잘못된 전통으로 '식사 중에 말하면 복달아 난다'고 하며 침묵의 식사를 하시는지요? 저는 개인적으로 특별한 목적으로 침묵을 수행하는 과정을 제외하고는 밥상머리에서는 밥상을 제공한 모든 분들께 기도하고 감사를 드리는 것을 우선으로 시작해야 합니다. 식사 중에 가족들과 슬픔과 아픔도 공유하고 나누며 위로와 격려도 하는 공감의 자리이면서, 밥이 입에서 튀어나올 정도로 즐겁고 행복이 넘치는 많은 이야기를 나누는 아름다운 마음을 진실하게 주고받는 소통의 장이 되어야 한다고 생각합니다. 이런 과정 중에 식구들과 신비한 영혼을 나누는 일을 체험할 수 있을 것입니다.

조영대　　**어머니의 보자기** (선)　　　2023

Oil on canvas　　　　　　　　65×65cm

모든 불행과 정신적 고뇌의 원인은 정신이 물질에 애착하기 때문입니다

> 모든 불행과 정신적 고뇌의 원인은 정신이 물질에 대한 애착과 결부되어 있고, 불가능한 것을 가지고자 하기 때문이다.
> 스피노자

우리에게 물질이 필요한 이유가 뭘까요? 안락함과 편리함의 추구일 뿐일까요? 저는 인간의 끊임없는 탐욕이라고 생각합니다. 지금도 돈이 된다면 물불 가리지 않고 나쁜 짓을 서슴지 않고 착취를 일삼는 파렴치한들이 뉴스에 나오는 사실 하나로도 잘 알 수가 있습니다. 저 자신을 들여다봐도 매 순간 이기적 욕망이 샘솟아 그 유혹을 뿌리치는 것이 어렵다는 것을 알아차립니다. 인간의 욕망은 부어도 채워지지 않는 밑이 빠진 독과 같다는 것이 저의 결론입니다. 스피노자의 평가는 상당히 엇갈리지만 그는 평생 그의 정신이 물질적 유혹에 흔들리지 않고, 죽을 때 장례비만 남긴 그의 생각을 그대로 실천하며 당당하게 살다간 철학자였습니다. 이런 면에서 스피노자를 존경합니다.

불가능한 것을 갖고자 하는 욕망이 우리의 삶을 타락하게 하고 윤리적 책무성을 외면한 채로 세상의 파괴자로 만들었습니다. 연약한 제 삶의 파괴자인 탐욕에 대한 끊임없는 질문의 끈을 죽을 때가지 놓지 말아야겠다고 다짐합니다. 저는 탐욕이 올라옴을 느낄 때 빈센트 반 고흐의 '신발'이라는 낡은 작업화의 정물화를 떠올립니다. 어려웠던 그의 삶의 비애와 고단함의 거친 숨결이 느껴집니다. 그 신발에서 저는 어려운 삶 속에서도 '그래도 아름답게 살아야지'라고 스스로에게 속삭이는 그의 순수한 영혼을 보고 마음을 바로 잡습니다.

일부러 가난할 필요는 없지만 세상에는 물질에 귀속되지 않는 고귀한 정신과 영혼들이 있습니다. 가난하면서도 자신의 것을 아껴 나누는 마음과 사랑과 자비로 아름다운 공동체를 실현하려는 정신은 불행과 정신적 고뇌에 찬 세계를 구원하는 빛과 같습니다. 세상은 아름다운 것으로 가득 차 있다는 사실도 잊지 마세요. 오늘 순수하게 자신을 내려놓고 빈손으로 왔다 빈손으로 간다는 세상의 이치를 들여다보세요.

CHAPTER 12

진정한 스승은
자신의 안에 있습니다

후후(HooHoo)

작가 / 히즈아트페어 HE`SART FAIR 운영위원장

– Academie Grand-Chaumiere de paris FRANCE / 미술작업

– Ecole Superieure des Arts Appliques, Boulle paris FRANCE 전공

– 국민대학교 행정대학원 미술관박물관학 전공

– 한국미협, 한국전업미술가협회, 신작전, 서울미협, 한국국제조형미술협회, 5회 초대
개인전

– 국내외 그룹 및 단체전 370여 회, 국내외 아트페어 250여 회

매년 테마를 정하며 100 작품을 거치면서 스스로에게 다짐하며 약속한 고된 채찍질이라
여기면서 그렇게 다작(?)으로 스스로를 트레이닝 하듯 현재 그리고 앞으로까지 서 있다.
미친 듯 멈춤없이 그림 그리는 남자로서 작업에 몰입하는 그러한 작업의 시간과 자신만
의 내공을 쌓아가듯 캔퍼스 위 물감들의 뒤엉킴 속 범벅이 되어가면서 그리고, 그려대
고, 그려가면서 무조건적으로 캔퍼스와 하나가 되려는 몰입의 작업에 임한다.

후후	**스며들다 Permeate 19**	2023
	아크릴, 모래, 기타 혼합	65×106cm

진정한 스승은
밖에 있는 것이 아니라
자신의 안에 있습니다

> 진정한 스승은 밖에 있는 것이 아니라 자신의 안에 있다.
> 법정 스님

자신의 삶을 올곧게 살기 위해서는 제일 먼저 자신이 누구인가를 끊임없이 물어야 합니다. 자신의 내면의 목소리에 귀를 기울이는 것은 온전한 사람으로 충만한 삶을 살아가는 출발입니다. 불교에서 말하는 자등명의 시작이 자신에 대한 질문에서 시작된다는 것은 사실입니다.

후후   **스며들다 Permeate 7**   2023

아크릴, 모래, 기타 혼합   72×90cm

진정한 사랑은 상대방에게
집착하지 않는 친절을 베푸는
향기로운 인연입니다

> 진정한 사랑은 집착하지 않고 상대방의 모든 것을 이해하고 상대
> 방을 위해 모든 일을 기꺼이 할 수 있는 진정한 인연의 시작을 알
> 립니다.
> 송준석

사랑은 즐겁고 기쁜 헌신과 희생을 포함합니다. 자신에게 이익과 즐거움을 주는 것도 과감하게 상대를 위해 포기하고 내어 주는 마음입니다. 역지사지의 입장이 되어 소극적으로는 갈등과 이해충돌을 줄이고 적극적으로는 상대에게 훨씬 더 많은 배려와 혜택을 베풀어 주는 계기가 됩니다. 헌신이 감사로 바뀔 때 진정한 사랑의 문이 열립니다.

결국 사랑은 제 인생의 도반 도제 스님께 들은 이야기입니다만 달라이 라마의 말씀처럼 상대에게 친절을 베푸는 행위로 나타납니다. 법정 스님도 가장 위대한 종교는 친절이라고 말씀하십니다. 이 깨달음을 얻은 뒤 가족부터 만나는 분들께 여전히 부족하지만 친절을 베풀려고 노력합니다. 또한 모든 중생을 사랑

하면서도 그 애정에 집착하지 않은 것이 보살행입니다.(유마경) 이것이 진정한 사랑입니다. 집착하지 않고 상대에게 친절하게 베푸는 사랑이 마음에서 싹트면 향기로운 인연이 시작됩니다.

여러분은 어떠신가요? 베푸는 친절한 사랑으로 인해 상대에게 집착이 생기지는 않던가요? 그런 마음이 생기면 내려놓기 연습을 통해 겸손하게 자신의 마음을 들여다보세요. 청정한 마음이 생겨 사람들에게 기쁘게 사랑을 베풀 것입니다.

후후   **스며들다 Permeate 8**   2023

아크릴, 모래, 기타 혼합   90×120cm

작은 것에 감사하는 마음이
행복의 원천입니다

> 적고 작은 것에 감사할 줄 아는 자가 진정으로 행복을 느끼는 자입니다.
>
> 송준석

기대하고 바라는 것이 없거나 적은 가난한 사람은 행복합니다. 작은 것에 감사하는 마음이 행복의 원천입니다. 마음이 물질과 이해관계에 얽매이지 않아야 홀가분하고 행복합니다. 욕망의 그릇이 작으면 늘 행복이 넘쳐나는 법입니다. 현재의 불행은 물질에 대한 애착에 결부되어 있으니 지금 가진 것에 만족하고 매 순간 살아있음에 감사하는 사람은 행복합니다.

법정 스님이 건강에 회복되어 다시 음악을 들을 수 있고, 손수 채소를 가꿀 수 있어 고맙고 고마울 따름이라고 했는데 저도 제가 아침마다 사치스럽게(?) 냉·온욕을 하며 건강하게 살고 있다는 사실에 고마움으로 행복합니다.

행복이라는 이름과 그 그림자에 집착하게 되면 행복에 매달리게 되고 그것 자체가 독이 되고 불행이 될 수 있습니다. 행복은 이름이나 형상이 아니라 자신이 맞이하는 삶의 순간순간에 느낄 수 있는 축복의 선물입니다. 얽매이지 않는 자유인이 되는 것도 이제까지 익숙해 왔던 마음의 탐욕을 버리고 자신에게 꼭 필요한 최소한의 것에 감사하는 마음에서 싹틉니다. 행복은 고정된 것도 모든 사람에게 동일하게 적용되는 것이 아닙니다. 우리 모두가 매 순간 자각하면 얻을 수 있는 마음속에 있으니 늘 감사함으로 깨어있으세요.

후후 **스며들다 permeate 4** 2023

아크릴, 모래, 기타 혼합 116×91cm

사람답게 살기 위한 기본은
생명존중과 생명살림입니다

> 이 세상의 모든 생명체는 인간의 생명만큼 고귀하니 자신의 생명
> 을 살리기 위해 다른 생명을 해치는 일은 없어야 합니다.
> 송준석

　현대사회의 물질적 욕망은 끝이 없고 불행의 원천입니다. 그러기에 마음의 녹을 벗겨야 합니다. 인간의 게으름, 탐욕, 미움, 부정적인 생각, 무책임 등은 대립과 갈등을 일으키고 불행을 자초합니다. 더군다나 자신들의 욕망을 채우기 위해 인간끼리 전쟁을 하고, 개발이라는 미명하에 다른 생명체를 죽이고 생태계를 파괴하여 환경을 병들게 하는 악랄한 짓을 부끄러움 없이 행하고 있습니다.

　사람답게 살기위한 기본은 생명존중과 생명살림입니다. 이 세상의 모든 생명체는 인간의 생명만큼 고귀하다는 사실을 알아야 합니다. 자신을 위해 다른 생명체를 해하는 일은 결국 자신의 생명까지 위협한다는 사실도 알아야 합니다. 결국 다른

생명체에 피해를 주지 않고 도움을 주는 것이 사람답게 사는 길이라는 것도 알아야 합니다. 생태적 감수성이 절대적으로 필요한 세상입니다. 이러한 생명공동체 관계의 회복을 위해서 많은 비용과 희생을 치르더라도 성취해야 할 지상의 과제입니다.

우리 모두가 한 가족이라는 생태적 사고, 모든 것이 연결되어 되어 있다는 인드라망에 대한 가르침을 마음에 간직하고 실전해야 합니다. 내려놓기 연습을 통해 인간이 만물의 영장도 아니고 이성을 가진 인간의 오만함을 알아차림하고 다른 생명을 해치는 일을 경계해야 합니다.

후후   **흔적 93**   2021

아크릴, 모래, 기타 혼합   53×74cm

성공적인 삶이란
자신의 솔직한 선택을
용기 있게 실천한 삶입니다

> 성공적인 삶이란 자신의 색깔로 솔직한 선택을 하고 그 선택을 용기 있게 실천한 삶입니다.
> 송준석

자신이 진정으로 원하는 삶이 무엇인지? 생각해 보신적은 있는지요? 우선 자신의 삶에서 후회가 없는 삶, 행복, 우정, 일, 감정의 표현에서 솔직함이 중요합니다. 제가 생각하는 성공한 삶은 이렇습니다. 다른 사람의 눈치를 보지 않는 삶, 비교하여 시기와 질투로 얽매이지 않는 자신이 마음먹은 바를 바로 실천하는 용기가 있는 삶, 비난을 무릅쓰고서라도 눈치를 보지 않고 스스로를 올바로 세우는 내면과 때로는 그것이 정의롭지 못하면 상대의 의견이나 부탁을 과감하게 거절하는 능력도 필요합니다. 자신의 색깔로 자신 있게 살아가는 삶이 필요합니다. 제가 성공을 이야기할 때 「오늘도 인생을 색칠한다.」는 표현을 쓴 것도 같은 맥락으로 생각하시면 되겠습니다.

후후	**Moment 12**	2022
	아크릴, 모래, 기타혼합	72×90cm

여러분의 성공적인 삶을 위해 어떤 색깔로 칠할 것인지 진지
하고 용기 있게 그려보는 하루 되셨으면 좋겠습니다.

허영심이 있는 사람은
칭찬하는 말만 듣습니다

> 허영심이 있는 사람은 칭찬하는 말밖에 듣지 못해요.
> 생택쥐페리―「어린 왕자」 중에서

  상당수의 사람은 겸손으로 무장하지만 사실은 자신을 남보다 더 돋보이게 하려고 애씁니다. 겸손하게 보이는 그 자체도 자신을 돋보이게 하는 술수이며 칭찬을 얻어내기 위한 전술일 수도 있습니다. 남에게 색다른 방법으로라도 인정을 받으려는 욕구는 모든 사람의 기본적인 욕구입니다.

  그런데 일단 중요한 것은 내면에 있는 자기존중감입니다. 밖으로 인정받고 칭찬을 받으려는 것은 내면의 공허함을 채우려는 방편이고 이것이 허영심입니다. 칭찬이라는 달콤한 유혹에 넘어가 자신의 독자적인 내면의 고귀함을 실종하고 허영심으로 채우는 것은 마음을 더욱 공허하게 합니다. 마치 당뇨병 환자가 먹지 말아야 할 단 것을 더 찾는 이치와 같습니다.

겉치레만 그럴듯하고 내면이 텅 빈 빈털터리는 항시 칭찬에 목말라하고 내면이 공허합니다. 당뇨병환자가 식단을 바꾸고 운동으로 체질을 바꿔 치료해야 하듯이 내려놓기 연습으로 내면을 건강하게 회복시키는 일이 우선입니다. 자신의 마음을 살찌우는 마음의 진실함과 솔직함을 찾아보세요.

후후   **스며들다 permeate 3**   2023

아크릴, 모래, 기타 혼합   116×91cm

진정으로 중요한 것은
눈이 아닌 마음으로
보아야 한다

> 진정으로 중요한 것은 눈으로 보는 것이 아니라 마음으로 보는 것이다.
>
> 생텍쥐페리 —「어린 왕자」중에서

「어린 왕자」에 보면 '사랑은 보이지 않는 것을 보는 것인데 껍데기만 보고 거기에 정성을 기울이는 것은 어리석다.'는 것입니다. 삭막한 사막에서 '사막이 아름답다고 한 것은 사막 어딘가에 우물이 숨겨져 있기 때문이고 또 다른 아름다움은 별이다. 그런데 그 별이 아름다운 것은 보이지 않는 꽃이 있기 때문이다.' 라고 했듯이 지금 눈앞에는 보이지 않지만 대상에 감춰져 있는 어떤 것이 여전히 대상을 아름답게 볼 수 있는 이유가 됩니다. 보이지 않기 때문에 존재하지 않는 것이 아니라 존재하지만 볼 수 없는 아름다움을 여전히 우리는 찾아야 하지 않을까요? 즉 중요한 것은 눈에 보이지 않기에 마음으로 보지 않으면 잘 볼 수 없다는 것입니다. 마음속의 보물을 찾아야 합니다.

좋은 만남은 좋은 관계 맺기인데 그 좋은 관계를 유지할 때 그 의미가 명확해 집니다. 저를 비롯한 대부분의 사람들은 관계에서 조차 그 내면을 알 수 없기에 밖으로 드러나는 것에 한정하여 대상을 바라보고 규정합니다. 사실 대상에 대한 판단은 자신의 욕구를 투사한 것에 불과 한 것이지만 대상의 감각이 자신의 욕구를 충족하면 '아름답다'라고 규정해 버립니다. 그러나 제대로 알기 위해서는 겉으로 드러나는 현상에 머무르지 말고 그 속마음까지를 알아야 합니다. 그런데 그것을 알 수 없다는 것이 우리의 한계상황입니다. 그럼에도 불구하고 우선 마음을 내려놓고 자신의 욕구를 들여다보아야 합니다. 이런 과정 중에 의미가 있는 아름다운 관계 맺음은 지속될 수 있습니다.

여러분은 어떠신가요? 저는 진실한 마음을 보지 못하고 감각의 노예로 살았음을 반성합니다. 지금부터라도 다섯 가지 감각의 세계에 휘둘리지 않고 중요한 뭔가의 참다운 아름다움을 마음으로 찾는 사람이 되어야겠습니다.

CHAPTER 13

몸이 달라지려면
생각과 감정을 바꾸는 것이
방법입니다

이봉식

개인전 16회 (2023년 『Beyond the Signal』(인사아트센터/서울) 외)

홍익대학교 일반대학원 미술학과(조소) 미술학박사(Ph.D.)

Scope Art Miami(마이애미/2022~2019) 외 그룹전 다수

이봉식이 작품의 키워드를 기호로 잡은 것부터 우선 흥미롭다. 그는 조각의 모티브를 한글로 선택하고 한글 텍스트가 갖는 '문자로서의 기호 가치'와 문자의 모양 자체가 가지는 '조형 형식으로서의 기호 가치'라는 양항에 자신의 조각적 과업을 걸어놓고 있다고 볼 수 있다. 많은 미술가들이 자신의 작업에 텍스트를 도입하는 예를 적지 않게 볼 수 있는데 르네 마그리트, 로버트 인디애너, 남관 등이 그 예다. 마그리트의 경우에는 문자의 조형성보다는 텍스트의 내용과 개념의 전달이 우선이었고, 인디애너나 남관의 경우에는 문자가 갖는 조형성이 관심의 대상이었다. 반면 이봉식은 이들 선배들과 달리 텍스트가 갖는 의미를 작품의 내용으로 삼으면서, 동시에 이들 문자의 조형적 자질들이 펼치는 시각적 유희라는 표현 전략을 구사하고 있다. 오상일 (홍익대학교 교수, 2011년 미술세계 12월호)

이봉식　　　**꼴이 되다**　　　　　　　　　　2015
　　　　　　자연석, 스텐파이프　　　　　　　가변설치(설치반경 6m)

몸이 달라지려면
생각과 감정을 바꾸는 것이
방법입니다

> 몸이 달라지려면 생각과 감정을 바꾸는 것이 방법이다. 부정적인
> 생각과 신념 체계를 놓아버리고 부정적 감정에서 올라오는 스트
> 레스도 버려야 한다.
> 데이비드 홉킨스

윗 인용구는 정신과 의사이자 영적 스승으로 알려진 데이비
드 홉킨스 박사가 우리나라에서 2013년 「놓아버림:LETTING
GO: The PATHWAY of SURRENDER 내안의 위대함을 되찾는 항복
의 기술」로 번역되어 29쇄를 찍은 스테디셀러로 널리 익힌 책
입니다. 동서양의 사상을 편견없이 두루 섭렵하고 체험으로 몸
소 실천하여 자신의 부정적인 생각과 감정 즉 마음을 바꿈으
로써 행복과 평화를 얻고 깨달음까지 이르는 항복의 기술(놓아
버림)을 쉽게 정리하여 두꺼운 책임에도 지루하지 않게 단숨에
읽었던 책입니다.

많은 연구들에 의하면 스트레스는 자신의 안전이나 신체 평
행상태에 위험이 감지되었을 때 일어납니다. 그런데 스트레스

는 외부의 영향력보다 억제한 감정적 영향력이 큰 것으로 밝혀지고 있습니다. 문제는 스트레스가 면역력을 억제한다는 사실이 의학적 연구로 증명되고 있습니다. 부정적 감정을 해결하는 데 도움을 주는 방법이 알아차림과 명상수행이라는 것입니다. 몸과 마음은 연결되어 있고 마음의 평화와 안정이 신체적 건강과 밀접하게 관계되어 있다는 것입니다. 부정적인 생각이나 신념을 놓아버리민 거기에서 생명의 에너지가 강하게 진동하며 그것이 선한 의식으로 대체되면 그 에너지 파장이 우리 몸을 건강하게 도와줍니다.

저의 개인적 경험도 마찬가지입니다. 몸이 아프고 힘들 때 고요하고 긍정적인 마음으로 잠시 동안 마음을 내려놓고 명상만 해도 몸의 통증이 덜하고 편안해짐을 겪었습니다. 분노와 미워하는 마음을 내려놓고 다른 사람에게 그럴 수도 있겠다는 연민의 정과 사랑하고 소중히 여기는 마음만으로도 스트레스는 사라지고 엔도르핀과 생명의 에너지가 활성화된다는 사실을 잊지 마세요.

이봉식　　**Meta signal2019**　　　　　2019
　　　　　자연석, 아크릴페인팅　　　　가변설치(설치반경 6m)

진정한 휴식을 위해
상대방의 휴식 방법을
존중해야 합니다

> 진정한 휴식은 내일의 삶을 위한 새로운 에너지를 위한 충전이며
> 모든 사람들에게 똑같은 방식의 휴식은 존재하지 않습니다. 그러
> 니 상대의 방식을 존중해야 합니다.
> 송준석

　진정한 휴식이란 지친 몸과 마음을 쉬게 하고 내일의 삶을
위한 새로운 에너지를 충전하는 시간입니다. 그런데 모든 사람
들이 똑같은 방식의 휴식은 존재하지 않습니다. 각자의 생활
태도와 양식에 따라 다릅니다. 상대의 휴식을 최대로 존중해
주는 일이 필요합니다. 성격유형이 내향적이냐 외향적이냐에
따라 휴식의 방식은 정반대로 다르게 나타날 수 있습니다. 그
러기에 도와준다는 명분으로 자신의 방식을 강요해서는 안 되
고 상대가 받아주지 않는다고 서운해할 필요가 없습니다. 상대
의 휴식의 방법을 이해하고 존중하는 일이 서로에게 도움이 되
는 휴식의 시작입니다.

　내향적 에너지를 가진 사람은 고요와 침묵과 혼자만의 시

간을 갖는 것이 휴식이 되지만 외향적 에너지를 가진 사람은 대화와 소통 또는 집단적 모임과 타인과의 활발한 접촉과 동적 활동을 통해 에너지를 충전하는 경향이 있음을 인지해야 합니다.

그러기에 자신이 상대방을 위해 도움을 주거나 배려한 행동이 상대방에게 똑같은 효과나 영향을 미치지 않을 수 있다는 사실을 깨달아야 합니다. 자신의 방식으로 상대의 휴식에 도움이 된다고 강요하고 상대가 받아들이지 않으면 마음을 몰라준다고 상대에게 화를 내는 것이 잔인한 마음의 작용입니다. 진정한 휴식을 위해서는 자신의 휴식 방법이 아니라 상대의 휴식 방법의 선택을 존중하고 인정하며 실행할 수 있도록 허용하고 지지해 주어야 합니다.

이봉식   **꽃을 위한 기념비**   2015

나무 및 복합재료   가변설치(설치반경 10m)

참된 신앙은
참된 진리를
얻는 것입니다

> **참된 신앙은 참된 진리를 얻는 것입니다.**
> 송준석

'어디서 왔는지 어떻게 살다가 어디로 가는 지'는 보통 사람들은 오리무중의 알 수 없는 행로입니다. 삶의 다양하게 살아가는 방식 중에서 무엇이 가장 올바르고 가치가 있는 일인가의 방향을 제시하는 것이 으뜸 가르침인 종교이기에 우리에게 신앙이 필요합니다. 참된 신앙은 세속적 욕망을 충족하기 위한 기복적인 것이 아니라고 생각합니다. 만약 다른 종교를 비난하며 자신의 종교를 믿어야만 구원받고 하늘나라에 가는 티켓을 얻으며 세상에서 잘 살게 될 것이라고 감언이설로 혹세무민하는 종교는 사이비 종교의 전형입니다.

제 개인적인 신앙관은 천주교인이기에 하느님을 믿으나 하느님을 믿는 것으로 인해 구원을 받는 것이 아니라 하느님의 계명대로 삶을 올바르게 보는 시각을 가지고 실천했을 때 천국에 가고 하느님의 구원의 역사가 이루어진다고 봅니다. 심지어 하느님을 믿고 나쁜 짓 하는 자보다는 하느님을 믿지 않거나 모르는 자가 착한 일을 많이 하면 그 사람이 하늘나라에 갈 것이라고 믿고 있습니다. 예수님과 부처님의 상을 믿는 것이 아니라 거룩한 그분들의 말씀을 믿고 그대로 사랑과 자비를 실천해야 합니다.

이 세상의 바른 종교는 구원의 주체가 다를 뿐이지 지상에서는 모양도 형체도 없는 자신의 마음을 닦고 마음의 농사를 잘 지어야 한다고 생각합니다. 내가 뿌린 대로 열매를 맺듯이 선행은 결실은 미래의 하느님에 의한 구원과 성불成佛의 열매를 맺으며 영원한 행복의 세계로 인도합니다. 그러기에 참다운 종교는 마음의 무명을 벗어버리고 참된 지혜를 얻게 합니다. 또한 악을 몰아내고 선을 택하며 마음에서 미움과 증오를 몰아내고 온 세상에 평화와 희망 빛을 줍니다. 그러기 위해서는 그 참된 진리를 추구하는 방식이 다른 다양한 신앙인들끼리 화합하고 소통해야 합니다. 개인적으로 저는 천주교인이지만 불교의 가르침도 소중히 여기며 배우고 있습니다.

이봉식   **비욘드 져니**   2022

자연석   280×220×220mm

삶의 목적과 길이 되는
뜻을 찾기 위한
질문을 하세요

> 뜻이 있는 곳에 길이 있다.
> 영국속담

자신의 뜻이 어디에 있는가를 끊임없이 질문하면 삶의 목적과 길이 생깁니다. 끊임없는 질문은 큰 뜻이 무엇인가를 알게 하고 구체적인 실천을 통해 그 가능성을 열어가는 답을 찾아가는 지혜에 이르게 합니다.

질문의 시간은 자신의 삶에서 가장 중요한 일이 무엇인가를 집중적으로 질문하고 그 구체적 방법을 찾아야 합니다. 또한 순수하고 솔직하게 마음을 비우고 자신이 잘 할 수 있는 일인가를 동시에 점검하고 자신의 삶에 유익하고 가치가 있는 일인가를 물어야 합니다. 스스로에게 질문하는 것처럼 중요한 문제는 없습니다. 분명하고 올바른 질문은 자신에게 화두가 되고 그것에 몰두하는 일은 삶의 문제를 해결하는 지혜가 됩니다.

몸과 마음을 행복하게 하는지? 인간관계를 해치지 않고 도움을 주는 일인지? 공동체에 도움을 주는지? 우선 자신에게 질문을 먼저하고 다른 지혜로운 사람에게도 정중하게 질문을 함으로써 오만에 빠지지 않고 상대방의 지혜에 도움을 받아 인생의 과업과 뜻을 찾는 문제해결에 도움을 받을 수 있습니다. '너 자신을 알라.'에서 시작되는 무지에 대한 자각과 이를 해결하기 위한 방법으로서의 소크라테스적 대화법이 오늘날까지 중요하게 여겨지는 까닭이 여기에 있습니다. 뜻이 있는 곳에 길이 있습니다. 그 뜻을 찾기 위한 질문을 절실하게 하세요.

이봉식   **기억으로 말하다**   2009

자연석   3100×450×450cm

우선의 이익으로
미래를 망치는 일은
경계하고 되돌아봐야 합니다

자신에게 이익이 되고 유리한 것은 당연히 받아들이지 말고 그것이 공동의 이익이 되는 지를 다시 되돌아봐야 합니다.
송준석

이제까지 저의 경험으로는 자신에게 당장 유리하고 이익이 되는 일은 다른 사람과 생명공동체에게 더 큰 피해를 주거나 관계를 해칠 경우가 많습니다. 그러나 이익의 당사자는 당연한 것이라는 것을 자신의 양심을 속이면서까지 그럴듯하게 합리화하는 경향이 있습니다. 이것이 잔인한 마음입니다. 마음속의 잔인한 마음을 치유하기 위해서는 자신에게 이익이 되는 것이 모두의 이익에 도움이 되는 것인지를 다시 성찰하는 것이 필요합니다. 이러한 과정을 거치지 않으면 앞선 이익이 뒤에는 자신에게 큰 손해를 끼치며 공동체의 이익과 정의를 해하는 경우가 많습니다.

인간세계를 널리 이롭게 한다는 홍익인간의 정신과 지속가능성을 추구하는 생태민주시민교육이 필요한 이유이기도 합니다. 자신의 안녕과 물질적 부와 풍요로운 삶을 위해 다른 생명을 경시하고 환경을 착취한 결과가 다시 자신의 삶에 나쁜 영향을 미치고 있다는 것은 새삼 설명치 않아도 알 것입니다. 그래서 우리에게 필요한 것은 풍요의 한계를 받아들이는 새로운 윤리적 기준과 미학적 감수성을 기르는 일입니다. 이를 위해 우리는 자본주의적 탐욕이 가져온 관계의 위기감과 인과론적 입장에서의 '씨를 뿌리고 가꾸는 대로 거둔다.'는 자연의 순리를 받아들이고 자기 개방을 통해 확대된 자아로 세상을 살아야 합니다.

여러분은 어떠신지요? 저는 이익을 취할 때 반드시 이 이익이 공동체의 이익에 어긋나지 않고 더불어 유익하고 정의로운 일인가를 살피겠습니다. 더 나아가서는 탐욕과 욕망을 추구하는 작은 나小我으로부터 벗어나 모든 것을 더불어 품는 자유로운 더 큰 나大我로 살아가고 싶습니다.

무엇 때문에 자신 삶이 바쁜지
점검하고 살아야 합니다

무엇 때문에 자신의 삶이 바쁜가를 점검하고 살아야 한다.
헨리 데이비드 소로

　개미처럼 무조건 바쁠 필요는 없습니다. 내가 살아가면서 가장 중요한 일이 무엇인가를 끊임없이 물어야 합니다. 이것은 정처도 없이 바쁘게 떠도는 현대인들에게 던지는 화두와 같은 말입니다. 이 글을 읽는 여러분은 무슨 일로 많이 바쁘신가요? 자신이 가야할 방향으로 잘 가고 있나요? 아니면 하루를 어떻게 보내는지 모르고 자신의 하루하루의 생존을 위해 무조건 바쁜척하고 사시나요?

　삶에는 때가 있습니다. 사진을 찍을 때도 짧은 매직아워 magic hour 가 있듯이, 누구에게나 인생의 매직아워는 있습니다. 그때를 놓치면 진정으로 하고 싶은 가치와 의미가 있는 일을 못합니다. 지금이라도 늦지 않았습니다. 잠시 멈추고 '무엇을

이봉식   **David's ring**   2009
           자연석   450×80×450cm

하러 이 세상에 왔는가?'를 묵상하며 참다운 나를 찾는 매직아
워를 위한 숨고르기를 하면 좋겠습니다.

가난한 이를 도와주는 것은
부처님과 예수님을
도와주는 일입니다

가난한 이를 만날 때마다 우리는 그들을 외면하면 아니 됩니다. 그들을 외면하는 것은 예수님을 외면하는 것입니다.
프란치스코 교황

어떤 종교를 믿든지 그 속에는 가난하고 힘든 자들을 외면하지 말고 도와주라고 합니다. 물론 신자들이 각각의 종교집단에 바치는 예물이나 시주는 교회나 사찰을 운영하는 경비를 제외하고는 사회봉사를 통해 어려운 사람을 돕는 거룩한 일에 쓰이는 것으로 알고 있습니다.

그러나 우리는 일상의 생활 속에서 수많은 도움을 필요로 하는 사람을 만납니다. 그 도움을 필요로 하는 사람들을 대할 때 어떻게 하고 있는지 생각해 보면 좋겠습니다. 저의 경우를 보면 내면의 잔인한 마음의 작동으로 보지 못한 척 외면도 하고 심지어 가난은 그 자신이 게으른 탓이라고 비난을 했습니다. 사실 따지고 보면 보시하고 싶은 마음이 없었던 것입니다. 많

이봉식　**세개의 쉼표**　　　　　　2023
　　　자연석　　　　　　　　　가변설치(설치반경 2m)

이 반성합니다. 제대로 된 신앙인이라면 적어도 그들을 무시하지 않고 그들의 존재를 인정하고 처지를 이해하며 밝은 미소와 친절한 말로 응대해야 합니다. 꼭 물질로서 그들을 도와주는 것은 아닙니다만 필요하다면 형편에 따라 물질적 도움도 기꺼이 주어야 할 것입니다. 이것이 하느님 나라에 가고 업장을 소멸하여 부처님이 되는 지름길입니다. 실천을 못하는 것은 마음의 욕심이 지나쳐 참다운 신앙인이 되지 못한 것입니다.

　만약 교회에 열심히 다니고 절에 열심히 다니는 것이 자신의 구원의 수단이라며 생각하는 신앙인들에게 하느님과 부처님께서는 가난한 이에게 베푸는 것이 나에게 베푼 것이라고 분명히 말씀하고 계십니다. 제 생각에는 필요 이상의 큰 재산을 가진 종교집단을 절대자께서는 바벨탑에 비유하고 있습니다. 부

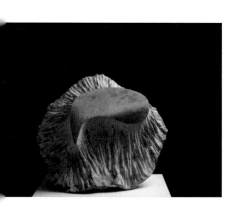

자가 하늘나라에 가는 것은 낙타가 바늘구멍에 가는 것보다도
어렵다고 하신 말씀을 반복하실 겁니다.

　　여러분은 어떠신지요? 저는 교황님의 말씀에 동감합니다.
가난한 이를 만날 때마다 깔보거나 무시하거나 외면하지 말고
그들을 우리의 형제자매로 보살님으로 깍듯이 모셔야 한다고
생각합니다. 그래야 하늘나라와 극락정토가 우리의 살림터가
될 것입니다.

CHAPTER 14

과거와 미래에 대한
걱정으로 지금을
망치지 마세요

정현웅

1회 개인전과 다수의 단체전 및 국내외 아트페어 참여

작가 정현웅은 삶속의 인연을 주사기에 아크릴물감을 주입시켜 실처럼 뽑아내어 수많은 선이 서로를 정면으로 수직으로 만나게 하는 작업을 반복한다. 이를 통해 인연의 근원을 찾는 작가의 세계에서 1차원의 선과 또 다른 1차원의 선이 만나 교차하여 만들어지는 2차원 면의 세계에 있을 것이다. 작가는 이를 계속 반복하여 높게 쌓아 올려 입체의 수준까지 끌어 올린다. 이 작업 속에서 무수히 반복되어 만들어진 인연은 감상자에게 지난 인연들을 떠올리게 만든다. 여러 가지 색으로 표현한 작가만의 시그니처 화합을 위주로 그 속에 스며든 색을 사랑, 행복, 평온 등 삶의 인연을 단색화로 입체적이고 시각적으로 표현한다.

| 정현웅 | **Relationship of Love** | 2023 |
| | Acrylic on canvas | 53×41cm |

과거와 미래에 대한
걱정으로 지금을
망치지 마세요

후회만 가득했던 과거 불안하기만 한 미래 때문에 지금을 망치지 마세요.

윤영진—「마음의 디자인」에서

　지금 와서 돌아보니 부끄럽고 불행했던 자신의 과거를 피하지 말고 그 고통의 뿌리를 용기 있게 되돌아보고 용서나 화해로 씻김을 해야 현재의 삶이 진실하고 편안해 진다는 것을 알아야 합니다. 이때 아름다운 변화가 시작됩니다. 과거는 과거일 뿐이지만 그 과거가 자신의 삶을 거짓으로 포장하고 두려움으로 얽매고 있다면 그것을 드러내는 창피함을 감수해야 합니다. 또한 그 과정에서 겪게 되는 갈등을 회피하지 말고 자신을 당당히 표현해 내야 그 아픔이 치유되고 지금의 행복의 세계가 열립니다.

　저를 되돌아보면 일어나지 않는 일에 부정적이고 비극적인 각본을 쓰며 저 자신의 마음을 들여다보기보다는 그 문제의 원인을 다른 사람에 있다고 탓하고 그것을 저의 마음에서 찾기보다는 지우려 애썼습니다. 그럴수록 문제는 해결되지 않고 그 문제를 더 회피하는 저를 발견합니다. 문제를 회피한다고 문제가 해결되지는 않습니다. 여전히 마음속에 문제로 남겨져 있습니다. 제가 문제를 들여다보고 그 과정이 힘들더라도 문제해결을 위해 시도했을 때 진실한 저를 발견했습니다. 복잡한 상황에서 제 주장으로 어떤 일을 관철하고 싶을 때 어머님의 '지는 것이 이기는 것이다.'라는 메시지가 저에게 '상대방의 의견을 수용하고 네 의견은 포기해.' '갈등을 일으키지 말고 그냥 넘어가' '좋은 것이 좋은 것이야'라는 메시지로 순응하라고 제 마음을 조종합니다. 일시적 평화는 있으나 문제는 여전히 해결되지 않고 남아서 저를 괴롭힙니다. 이 사실을 알아차림을 한 이후 저는 제가 말하고 싶은 것을 솔직하고 분명하게 표현합니다. 이것은 문제해결을 떠나서 저는 저 자신에게 진실하고 상대에게도 저를 진실하게 드러낸 것입니다. 마음이 '강요당하는 평화'나 '좋은 것이 좋은 것이다.'라고 포장한 거짓에서 자유로워진 것입니다. 상대방도 마찬가지로 자기 스스로 문제를 지각하지 못하고 문제를 해결하지 못하면 상대의 문제일 뿐이라는 것을 분명히 인지합니다. 상대방의 문제가 저를 괴롭히거나 지배하지도 오염시키지도 않습니다. 과거의 문제에서 벗어나면 현재에 충실하게 되고 현재의 충실은 미래의 불안을 저절로 해결합니다. 미래의 불안도 결국은 과거의 미해결된 문제의 연속일 뿐입니다.

과거의 거짓과 얽매인 삶의 구속으로부터 해방되어 자유로움을 찾고 현재의 삶에 충실하시고 계신지요? 밝은 미래를 여는 것은 우리 각자의 몫입니다. '오늘 할 수 있는 일에 전력을 다하라, 그러면 내일은 한 걸음 진보한다.'는 뉴턴의 말씀이 떠오릅니다.

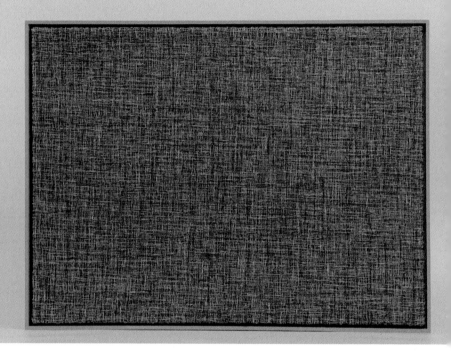

정현웅   **Harmony, relationship**   2023

Acrylic on canvas   73×53cm

자신의 감정을
솔직하게 표현하는
용기가 필요합니다

독립적이고 자율적인 존재가 되기 위해서는 남의 눈치를 보지 않고 자신의 감정을 솔직히 표현하는 용기가 필요합니다.
송준석

자신의 의견이 포함되지 않고 다른 사람의 필요에 의해서만 갈등이 없이 보이는 그럴듯하게 보이는 삶이 진실한 삶일까요? 더욱이 자신이 감당하기 힘든 일을 도움도 청하지 않고 아무런 불평이 없이 수행해 냈다고 그것이 진정으로 자랑할 만한 일인가요? 자신의 부족함을 인정하고 다른 사람들과 기꺼이 무겁고 힘든 짐을 나누고자 요청하는 진실한 사람이 되었으면 좋겠습니다.

실제로 자존감이 낮고 자기 부정적인 사람은 자신을 솔직하게 드러내지도 못하고 자신의 결점을 감추며 거짓으로 위장할 뿐만 아니라 조그만 스트레스에도 과도하게 반응하고 자신을 내적으로 학대하며 자책감을 강하게 느끼면서도 밖으로는 안 그런 척 하는 경우가 많습니다. 스트레스에 대한 예민한 반응도 바로 자신을 부정적으로 보는 계기가 되며 자신이 잘해낼 수 있는 능력이 결핍되어 있다는 쪽으로 강화합니다. 이를 학습화된 무기력이라고 합니다. 내부에서 이를 들키지 않으려고 거짓의 방어기제로 삶을 피폐하게 만듭니다. 세상에 완벽한 존재는 없습니다. 그러기에 자랑할 것은 자랑하고 잘못되거나 부족한 것은 시인해야 합니다. 부족하고 잘못된 것은 반성을 통해 개선해야 하며 대상에게 피해를 입혔다면 용기 있게 사과하고 용서를 청하는 것이 자연스러운 인간의 삶임을 알아야 합니다.

유년기의 부모에게 부적절한 보살핌 즉 과잉보호나 학대와 같은 부정적 경험은 안전성이나 안정감이 결여되어 자신의 거짓된 생존전략으로 인해 더욱더 자신의 감정을 왜곡할 수 있음을 성찰할 필요가 있습니다. 사랑과 적절한 보호를 받지 못한 사람들은 신뢰에 문제가 있는 경향이 있습니다. 불행한 과거를 들키지 않기 위해 자신을 포장하고 위장합니다. 자신의 욕구를 거짓된 방식으로 취하는 경향이 있기에 자기학대, 자포자기의 무능, 병을 자초하거나 진짜와 다른 거짓되고 부정적인 방법의 정서적 표현으로 동정과 위로를 얻는 비정상적인 감정표현과 삶의 방식을 택합니다. 만약 이러한 방식의 삶의 태도가 반복된다면 용기가 있게 자신의 거짓된 삶의 태도가 언제부터 어떻게 형성되었는지 원인을 찾고 독립적이고 자율적인 존재로 다시 태어나기 위한 알아차림의 통찰로 재결정하는 진실한 자신

정현웅   **인연, 즐거움**   2023

Acrylic on canvas   53×41cm

으로의 회복이 필요합니다. 재결정의 과정을 통해 자신의 감정
을 솔직히 표현하는 용기가 형성됩니다.

즐기는 사람이
되세요

> 아는 것은 좋아하는 것만 못하고 좋아하는 것은 즐기는 것만 못
> 하다.
> 공자—논어

아는 것이 실천하는 것과 다를 때 우리는 그를 위선자라 부릅니다. 그래서 학문하는 사람들은 지행합일知行合—을 으뜸으로 삼았습니다. 좋아하면서도 그것을 수행할 능력이 되지 못한다고 고백할 때는 솔직하다고 말할 수 있습니다. 그런데 즐기는 것은 앎이 삶에 녹아 실천하지 않고는 이룰 수 없는 것입니다. 안팎이 다르지 않는 경지는 즐기는 수준이 되어야 가능합니다. 비로소 이 또한 기쁘지 아니한가라는 표현을 쓸 수 있습니다.

사람을 대할 때나 일을 할 때 즐기는 자가 되어야 한다는 것은 자명한 일입니다. 그래야 거짓이 없고 바른 관계와 실천이 이루어집니다. 저와 여러분 스스로 아는 척, 좋아하는 척, 즐기

는 척이 아닌 순수하고 마음에 걸리지 않는 순수한 기쁨을 그대로 표현하는 즐거움을 향유할 수 있기를 바랍니다.

　머리로만 사는 삶이 아니라 머리와 가슴이 만나 그것이 가슴 떨리는 실천으로 옮겨졌을 때 통합의 삶이 되고 그 통합의 삶이 즐기는 삶인 것입니다.

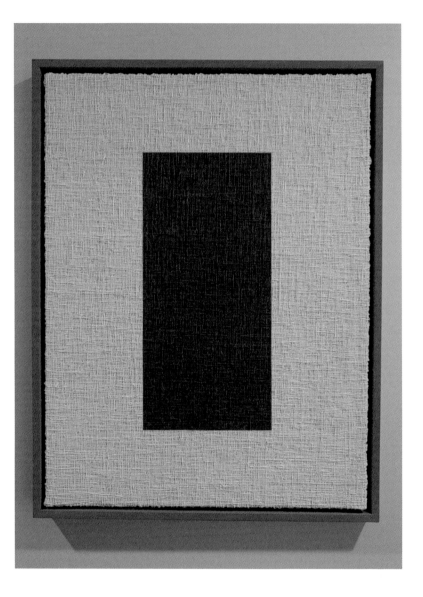

정현웅   **인연, 삶의 조화**   2023

                     Acrylic on canvas   53×41cm

삶과 죽음의 문제는
자신의 믿음에
달려있습니다

> 이제는 떠날 시간이 되었습니다. 나는 죽기 위해서 떠나고, 여러분은 살기 위해 떠날 것입니다. 하지만 우리 중에서 어느 쪽이 더 나은 곳을 향해 가고 있는지는 오직 신 이외에는 아무도 모릅니다.
> 소크라테스

윗 구절은 배심원 500명에게 한 소크라테스가 한 마지막 변론 중의 부분입니다. 소크라테스는 당당하게 삶과 죽음 중에 어느 쪽이 더 나은 것인지 신밖에 모른다고 자신을 사형으로 표결한 배심원들에게 당당하게 말합니다. 흔히 소크라테스가 '악법도 법이다.'라고 하고 죽었다고 하는데 이는 독재주의와 전제주의를 옹호하고 찬양하던 어용학자들이 만들어낸 그럴 듯한 거짓입니다. 제가 개인적으로 소크라테스의 죽음을 다룬 플라톤의 「대화편」의 '변명', '크리톤', '파이돈', 그리고 '향연' 등 어디를 들여다봐도 '악법도 법이다.'는 말을 찾을 수 없었습니다. (cf. 소크라테스의 '너 자신을 알라.'는 말은 델포이 신전에 새겨졌던 말이고 그의 제자에게 직접 한 말입니다.[알키비아데스1] 물론 어용학자들처럼

'아테네 시민으로서 법을 준수하고 지켜야 된다.'는 말을 '악법도 법이다.'라는 말로 왜곡하여 둔갑시킬 수 있을지는 모르지만 앞으로 확인도 없는 나쁜 의도를 가진 정의롭지 못한 어용학자들에게 속지마시길 부탁드립니다.)

소크라테스는 자신이 평소에 주장했던 정의와 진리를 스스로 부정할 수 없었기에 기꺼이 독배를 들었던 것입니다. 그는 평소에 '그저 사는 것'이 아니라 '제대로 사는 것'을 이야기했습니다. 게다가 영혼이 불멸한다는 것을 믿었고 그것을 항시 주장했기 때문에 변하는 육신이라는 감옥을 벗어버리고 저 피안의 영원한 세계로 가는 것은 그에게 슬퍼할 일이 아니라 기뻐할 일이라는 겁니다. 탈옥을 권유하는 크리톤에게도 '나는 아스클레피오스에게 수탉을 한 마리 빚졌다. 그러니 네가 값아줄 수 있겠니?'라는 유언을 합니다. 이것은 아스클레피오스가 의술의 신이기에 그가 만든 독약을 먹고 육신의 굴레를 벗어 자신이 영혼불멸의 불사의 존재로서 축복된 삶을 살 수 있음을 감사드리는 의미에서 그 보답으로 크리톤에게 수탉을 대신 바쳐달라는 의미가 담겨있습니다. 더 나아가 제자들에게 참된 정의와 지혜를 추구하는 노력을 계속하라는 저항의 정신까지도 담겨있으니 '악법도 법이다.'라는 말을 정면으로 부정하는 것입니다.

소크라테스가 위대한 요인은 그가 한 말에 있기보다는 시종일관 그의 삶이 절대적 진리를 찾으려고 노력했으며 죽음에 이르러서도 당당히 그것을 증명하고 실천했기 때문입니다.

정현웅   **인연, 화합**   2023

Acrylic on canvas   35×25cm

매일 단 한사람에게라도
기뻐할 일을 하세요

> 하루의 생활을 다음과 같이 시작하면 좋겠다. 즉 눈을 떴을 때 오늘 단 한사람에게라도 좋으니 그가 기뻐할 만한 무슨 일을 할 수 없을까 생각하라.
> **프리드리히 니체**

　나날의 삶이 기쁨에 넘치고 행복하기 위해서는 천진난만한 순수함으로 자신의 이익이 아닌 다른 사람의 기쁨을 위해 하루를 시작한다는 것은 아름다운 일입니다. 저는 아침에 일어나 스스로에게 미소를 지으며 다른 누군가를 위해 기도를 하며 시작하는 삶을 기쁘고 즐거운 삶이라 생각했습니다. 그런데 니체는 마음은 눈에 보이지 않지만 만약 그 마음이 눈에 보이는 행위로 나타났을 때 더 빛을 발한다는 사실을 가르쳐줍니다.

　아침에 일어나 아내를 위해 물 한 잔 건네주고, 청소를 대신 먼저 해 주는 것도 사소하지만 아내에게 기쁜 일일 것입니다. 친구가 새로운 일을 시작했을 때 잘되라고 기도를 하고 응원의 메시지를 전하는 것도 친구에게 기쁨을 주는 일입니다. 상대방이 싫어한다면 모르지만 제가 하고 있는 아는 분들께 노래 선물로 그 노래에 담긴 정서를 공유하는 일도 상대가 기뻐할 만한 일입니다. 제 경험으로는 '마치 4시에 친구가 온다면 3시부터 행복을 느낀다.'는 「어린 왕자」의 구절처럼 노래를 선택하고 메시지를 준비하는 일이 저에게도 즐거움이 되었습니다. '기쁨을 주는 사람만이 더 많은 기쁨을 즐길 수 있다'는 알렉산더 듀마의 말처럼 상대에게 기쁨을 주는 일은 저 자신에게도 즐거운 행복이 됩니다.

불교에서 자비는 사바중생에게 기쁨과 사랑을 베푸는 자慈와 뭇 생명과 슬픔을 함께 나눈다는 비悲의 합성어입니다. 그렇다면 더 큰 의미에서 상대에게 기쁨을 주는 일에 머무르지 않고 슬픔도 함께 나누면 하루의 시작이 더 보람찰 것입니다. 기쁨은 함께하면 두 배로 슬픔은 나누면 줄어들 것입니다. '선물로 친구를 사지마라 선물을 주지 않으면 그 친구의 사랑도 끝날 것이다.'라는 토마스 풀러의 말처럼 조화롭고 진실한 관계 형성은 잔치 밥상이 필요 없다는 것은 아니지만 서로에게 부담이 되는 거추장스러운 호화로운 잔치 밥상이 반드시 필요한 것은 아닙니다. 오히려 무늬나 장식이 필요 없는 일상의 소박한 밥상을 정성껏 준비하여 나누는 과정에서 더 많은 기뻐할만한 일들이 이루어집니다. 어려워 말고 눈을 뜨자마자 누군가에게 기뻐할 만한 일을 생각하고 실천하세요.

정현웅   **인연, 조화**   2023

                 Acrylic on canvas   35×24cm

우리 안에
하느님 나라는
시작됩니다

> 하느님의 사랑과 용서, 자비, 희생과 같은 일들이 우리 안에서 실천되는 동안 이미 하느님 나라는 시작된 것입니다.
> 차동엽 신부님

하느님 나라를 멀리서 찾을 필요가 없습니다. 하느님의 계명대로 살면 미리 하늘나라를 경험하는 것입니다. 모든 생명체를 수단으로 여기지 않고 온 존재를 기울여서 참되게 만나고 목적으로 대우하면 나와 하느님의 관계가 나와 너의 친밀하고 진정한 관계를 형성하게 됩니다. 이곳이 바로 하느님의 나라인 것입니다.

어머님의 자식에 대한 무조건적인 지극한 정성이 담긴 사랑이 미리 하느님의 사랑을 경험하게 했다는 말처럼, '누군가를 사랑하는 것이 기쁨이 넘치면 그를 신과 동일시 한 것'이라는 아리스토텔레스의 말도 같은 표현입니다. 아프고 힘든 사람에게 가장 좋은 처방전은 진실한 마음에서 우러나는 사랑입니다. 이 약이 하느님 나라에 함께 가는 열쇠입니다. 자신을 존중하고 돌보는 만큼 자기희생을 통한 타인을 위한 배려가 넘치는 공동체의 노력도 하느님 나라를 지상에서 실천하는 것입니다.

공자님이 '다른 사람을 대할 때 그 사람의 몸도 내 몸처럼 소중하게 여기고 네가 다른 사람에게 바라는 일을 네가 먼저 베풀어라.'는 말씀을 하셨는데 이 또한 진정한 사랑의 표현이고 이런 사랑에 의해서 세상에 하늘나라가 세워지는 주춧돌이 되는 것입니다. 또한 이 세상에 완벽한 존재는 없습니다. 그러기에 더 나은 삶을 위해 사과와 용서가 필요하며 바로 하늘나라를 만들어가는 과정입니다. 하늘나라는 원래부터 거창한 사랑을 이야기하기보다는 기쁨과 슬픔을 같이 나누는 자비의 정신으로 움직이는 사랑으로 형성된다고 생각합니다.

우리 모두 자신의 존중을 기반으로 상대방을 이해하고 상대방을 위해 모든 것을 기꺼이 희생으로 내어주는 사랑이 넘치는 하늘나라를 지상에서부터 만드세요.

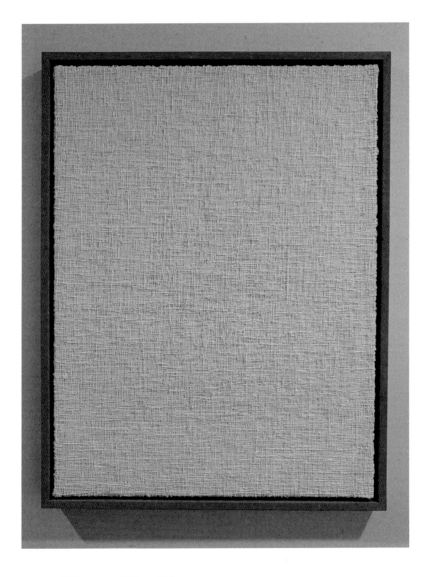

정현웅 **인연因緣, 장수**

Acrylic on canvas   53×41cm

내려놓음으로
　거듭나기

초판 인쇄　2024년 4월 23일
초판 발행　2024년 4월 30일

지은이　송준석
펴낸이　김상철
발행처　스타북스
등록번호　제300-2006-00104호
주소　서울시 종로구 종로 19 르메이에르종로타운 B동 920호
전화　02) 735-1312
팩스　02) 735-5501
이메일　starbooks22@naver.com

ISBN　979-11-5795-734-7 03810